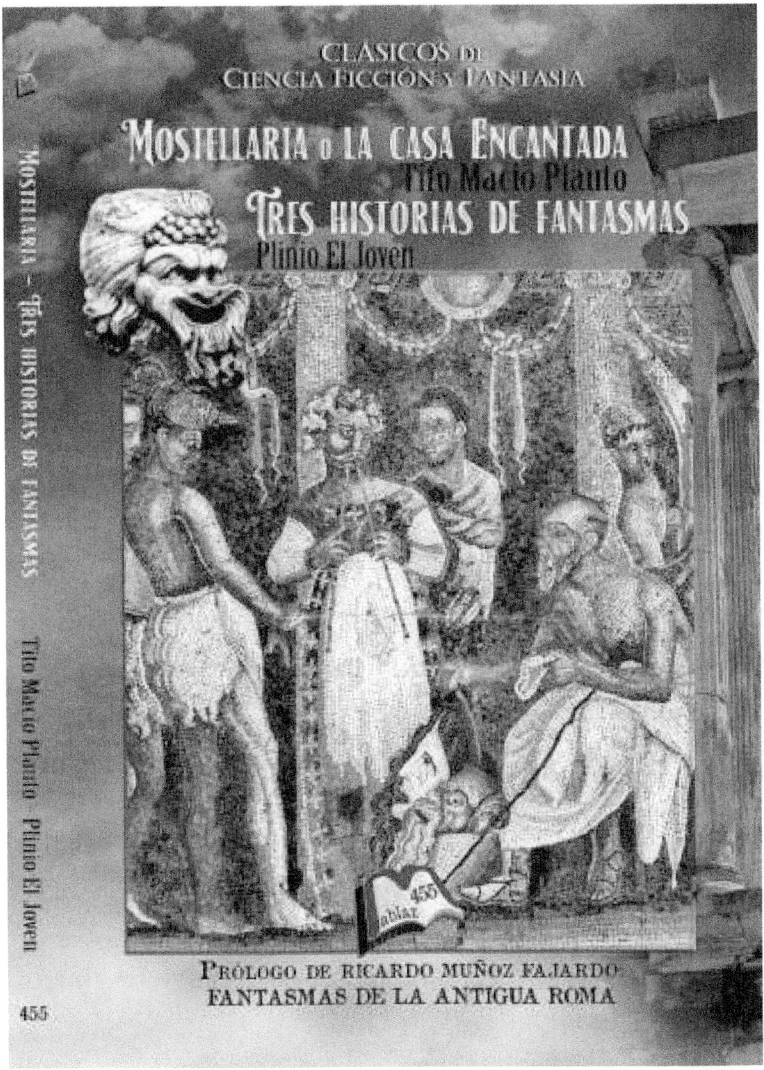

CLÁSICOS DE
CIENCIA FICCIÓN Y FANTASÍA

MOSTELLARIA O LA CASA ENCANTADA
Tito Macio Plauto
TRES HISTORIAS DE FANTASMAS
Plinio El Joven

PRÓLOGO DE RICARDO MUÑOZ FAJARDO
FANTASMAS DE LA ANTIGUA ROMA

455

Spine: MOSTELLARIA – TRES HISTORIAS DE FANTASMAS Tito Macio Plauto Plinio El Joven 455

Ciencia Ficción y Fantasía - 176

Mostellaria o La casa encantada y Tres historias de fantasmas
Primera Edición, marzo de 2026

© Libros Mablaz, Madrid

© De esta edición, Libros Mablaz, Madrid

blogs:
Editorial Libros Mablaz
http://editoriallibrosmablazycienciaficcion.blogspot.com.es/
Ciencia ficción y fantasía en Libros Mablaz:
http://mablazlibros.blogspot.com.es/
Librería en Todocolección:
https://www.todocoleccion.net/s/catalogo?identificadorvendedor=LibrosMablaz

Diseño de cubiertas: Mari Carmen López

ISBN: 979-13-991844-0-2
Depósito Legal: M-7475-2026

LIBROS MABLAZ - 455

Mostellaria o La casa encantada

Tito Macio **Plauto**

y

Tres historias de fantasmas

Plinio el joven

PRÓLOGO: FANTASMAS DE LA ANTIGUA ROMA

Puede parecer sorprendente que los romanos, hace tanto tiempo ya, creyeran en fantasmas y, dentro de la obra escrita por sus autores, trataran sobre ellos.

Para los romanos, los fantasmas no eran seres imaginados, sino una realidad jurídica, religiosa y social. Los espectros eran en sí algo así como la ruptura del orden establecido, puesto que un muerto fuera de su sitio era un peligro para los vivos. Un fantasma era el indicio inequívoco de un deber no cumplido, como que la familia o el gobierno habían realizado mal sus exequias fúnebres.

Espectros para los romanos los había de todas clases: los manes, cuya traducción del latín sería «buenos», que no implicaban nada malo por sí mismos. Pero si el fallecido no recibía ritos funerarios o moría de forma violenta, se convertían en lémures, fantasmas violentos y peligrosos que volvían para hostigar a los vivos. Otro tipo de seres inmateriales eran los *larvae*, entes que habían abandonado la forma humana y encarnaban la locura. Por último, y para no extendernos en demasía nombraremos a los lares, fantasmas buenos, antepasados de los moradores de una casa, que protegían. Como agradecimiento se solía poner comida y flores.

Para este libro, hemos elegido dos de estas prosas como ejemplo de las escrituras sobre fantasmas en la cultura romana. El primero de ellos es *Mostellaria* (siglo II a.C., hacia el año 193 de esa era), cuyo significado en nuestro idioma sería algo así como *La comedia del fantasma* o *La casa del pequeño espectro*, este último apenas utilizado. Por tanto, *Mostellaria* sería una especie de comedia de enredo, en donde el fantasma no es un ser real, sino una aparición inventada, lo que no quita que sea la obra fundamental para entender las supersticiones romanas sobre los espectros. Mostellaria es entonces el argumento del fantasma como mentira. La trama cuenta la historia de un hijo que ha dilapidado la fortuna de su padre en fiestas y lujos mientras este está de viaje. El progenitor regresa de improviso, momento en que se encuentra con el mejor esclavo de la familia, que se inventa la mentira de que la casa está encantada para evitar que el recién llegado entre en ella. A partir de este momento, aunque el fantasma no exista, las posiciones tomadas por el entorno familiar y amistades con respecto a esta noticia es un libro abierto de la percepción romana de lo sobrenatural, como el miedo al fantasma que no ha recibido exequias fúnebres, que se ha convertido en un espíritu vengativo; Plauto, el autor, utiliza todos los tópicos que se asocian a los espectros —ruidos de cadenas, voces de ultratumba y abandonar la casa para evitarlos—; y, por último, expresa qué hacía cualquier romano para protegerse de la aparición, cerrando puertas y realizando ritos y tomando objetos, símbolos o fórmulas mágicas diseñadas para alejar el mal, la mala suerte o influencias malignas.

La obra que hemos titulado *Tres historias de fantasmas* (107 y 108 d.C.) son tantas cartas como las que se indican escritas por Plinio el Joven a un amigo suyo, en las que no utiliza los fantasmas como un recurso literario, sino un hecho dado y real que tenía que investigarse tanto por los sabios como por los filósofos. A través de ellas, plantea una pregunta a su compañero que se podía escribir como algo así: ¿Existen los fantasmas y tienen figura propia... o son solo imágenes vacías nacidas de nuestro miedo? Para ayudar a responder a esta cuestión aporta tres ejemplos, como ya se ha dicho: *El fantasma de la casa de Atenas*, un caso clásico de una aparición espectral, *El fantasma del liberto Curcio Rufo*, un caso famoso de fantasmas que había tenido un eco imparable en todo el imperio, en el que el espectro, en esta ocasión, se representa mediante la figura de una mujer gigante, bellísima, que le vaticina un futuro que se cumplirá tal como se le predijo y *Los peluqueros nocturnos*, episodio ocurrido en su propia casa, cuan-do estando a la espera de juicio, un esclavo y un hombre de su confianza aparecieron pelados al rape sin ser conscientes de que alguien les había cortado el pelo, un signo que evitó a Plinio el Joven de ser enjuiciado.

Rápidamente, citaremos otras obras

sobre fantasmas, espectros y apariciones dados en la literatura romana. Apariciones de estos entes se dan en *La Eneida* de Virgilio (hacia el 29-19 a.C.), en los *Fastos* de Ovidio (hacia el 8 d.C.), *El Satiricón* de Petronio (hacia el 60 d.C.), *Farsalia* de Lucano (hacia el 60-65 d.C.), *Vidas Paralelas: Vida de Bruto*, de Plutarco (hacia el 100-120 d.C.), *El aficionado a la mentira*, de Luciano de Samosata (hacia el 160-170 d.C.), *Libro de las Maravillas*, de Flegón de Tralles (hacia el 130-140 d.C.), *El asno de oro*, de Apuleyo (hacia el 170-180 d.C.), *El rapto de Proserpina*, de Claudiano (hacia el 395 d.C.), etcétera.

NUOVA COLLEZIONE DI AUTORI GRECI E LATINI

DIRETTA DA G. DECIA

LA MOSTELLARIA

DI

T. MACCIO PLAUTO

PER CURA

DI

G. B. BONINO

TESTO E COMMENTO

FIRENZE
SUCCESSORI LE MONNIER

1905

PERSONAJES

TRANIÓN, esclavo.

GRUMIÓN, esclavo.

FILOLAQUES, joven, hijo de Teoprópides.

FILEMATIO, cortesana.

ESCAFA, esclava de Filematio.

CALIDÁMATES, joven, amigo de Filólaques.

DELFIO, cortesana.

TEOPRÓPIDES, viejo, padre de Filólaques.

MISARGÍRIDES, usurero.

SIMÓN, viejo, vecino de Filólaques.

FANISCO, esclavo.

ESFERIÓN, esclavo. Otros esclavos.

La acción transcurre en Atenas.

ACTO I
ESCENA PRIMERA
GRUMIÓN, TRANIÓN

GR.— Venga, salte ya de la cocina, bribón, ya está bien de tanta chirigota ahí entre los pucheros; fuera de esta casa, ruina de tus amos. Te juro que, si los dioses me dan vida, me las vas a pagar todas muy bien pagadas en la finca. Sal, sal, digo, no andas ahí más que al olorcillo de los asados, no quieres aparecer ¿eh?

TR.— ¡Maldición!, ¿qué son esos gritos aquí delante de la casa?, ¿es que te crees que estás en el campo? ¡Largo de aquí, al campo, al campo, desgraciado, a ver si nos retiramos de la puerta! ¡Toma!, ¿es esto lo que venías buscando?

GR.— ¡Muerto soy! ¿Por qué me pegas?

TR.— Porque vives.

GR.— Ahora no me queda sino aguantar; pero deja que venga el amo; deja que venga sano y salvo, tú, que te lo estás comiendo vivo en su ausencia.

TR.— Qué dices, zoquete, cómo va a ser posible, ni verosímil que nadie se coma a alguien que está ausente.

GR.— ¡Mira el señoritingo, que no está más que a hacer favores a cualquiera!, ¿tú me echas a mí en cara que soy un campesino?; será quizá, digo yo, porque sabes muy bien que vas a terminar pronto en el molino, ¿verdad? Te juro, Tranión, que te veo a no mucho tardar aumentando la población campesina, el escuadrón de los encadenados. Ahora, mientras que te da la gana y puedes, venga, bebe, tira la casa por la ventana, echa a perder a un muchacho tan bueno como es el hijo del amo; emborrachaos de día y de noche, seguid de francachela en francachela, comprad a vuestras amigas, dadles la libertad, engordad gorrones y hartaos de comprar para hincharos a más y mejor. ¿Es eso lo que te dejó encomendado el amo cuando se marchó al extranjero? ¿Es este el estado en que va a encontrar administrada su hacienda cuando regrese? ¿Piensas tú que el cometido de un buen esclavo es echar a perder y arruinar el haber y el hijo de su amo?, que desde luego, para mí, está ya del todo echado a perder, viéndole dedicado a esa vida: un muchacho que pasaba hasta la presente por el más ordenado y modoso de toda la juventud ática, ahora se lleva la palma en los vicios opuestos; y eso es sólo obra tuya, tú eres el que le incitas a ello.

TR.— ¡Maldición!, ¿qué tienes tú que meterte conmigo o con lo que hago o dejo de hacer?, ¿o es que no hay en la finca becerros de que ocuparte? Me da la gana de beber, hacer el amor, echarme amigas; mis costillas son las que responden de mi conducta, no las tuyas.

GR.— ¡Anda que no es chico el descaro que tienes!

TR.— ¡Júpiter y los dioses todos te confundan, uf, apestas a ajo!¡La porquería en persona, patán, cabrón, pocilga, estiércol cenagoso!

GR.— ¿Qué quieres? No todos pueden oler a perfumes exóticos como tú, ni ponerse a la mesa tan finos como tú. Anda y quédate con tus tórtolas, tus pescados y tus aves, y déjame a mí aguantar mi destino con mis ajos. Tú eres feliz, yo desgraciado; qué le vamos a hacer. A mí me espera la recompensa y a ti el castigo.

TR.— Me da la impresión, Grumión, de que me miras con malos ojos porque a mí me va bien ya ti mal; pues nada más justo: a mí me va el hacer el amor, a ti, guardar las vacas, a mí el darme la buena vida, a ti el ser un desgraciado.

GR.— Una criba van a hacer de ti los verdugos, tal te van a agujerear con aguijones, con el virote al cuello por la calle, si es que vuelve el amo.

TR.— ¿Cómo sabes tú si no te va a pasar eso a ti antes que a mí? Para mover la rueda, castigo típico de esclavos.

GR.— Porque yo no me he hecho merecedor de ello, pero tú te has hecho y te haces ahora.

TR.— Ahorra un poco en palabras, si no es que quieres recibir una buena rociada.

GR.— ¿Me vais a dar el pienso para que lo lleve a las vacas?, dádmelo, si es que no os lo coméis vosotros. Hale, seguid el camino empezado: bebed, andad de francachelas, comed, hinchaos, devorad los cebones.

TR.— Calla y lárgate al campo. Yo quiero ir al Pireo a comprar pescado para esta noche; el pienso mañana te lo llevará quien sea a la finca. ¿Qué pasa que te quedas así mirándome, patibulario?

GR.— Te juro que me parece a mí que ese nombre va a ser bien pronto el tuyo.

TR.— Mientras que, entre tanto, me vaya como me va, poco me importa ese bien pronto.

GR.— Desde luego, pero sábete que lo que te incordia suele venir más rápido de lo que deseas.

TR.— Déjame ya en paz, vete -a la finca, lárgate. Te juro que no va a ser ni un instante más lo que me detengas. (*Se va por la izquierda hacia el puerto*).

GR.— ¿Pues no se va sin importarle un pelo todo lo que le he dicho? ¡Dioses inmortales, misericordia! Traed de vuelta a nuestro amo cuanto antes, después de tres años de ausencia, antes de que se venga todo abajo, la casa y la finca; si no vuelve, no nos quedan reservas más que para unos meses. Pero ahí veo al hijo del amo, hecho un perdido, con lo buen muchacho que era. (*Se va por la izquierda*).

ESCENA SEGUNDA
FILÓLAQUES

FILOL.— Mucho ha sido lo que he andado reflexionando, pensando y razonando en mi interior, muchas las vueltas que le he dado en la cabeza —si es que se puede decir aún que la tengo—,mucho es lo que he discurrido sobre la cuestión de a qué se parece el hombre cuando nace y con qué le podríamos comparar, y se me ha ocurrido la siguiente comparación: yo creo que cuando el hombre nace se le puede comparar con un edificio recién construido. Me explicaré: seguro que no os parece muy exacta la comparación, pero ya veréis cómo hago que cambiéis de opinión y consigo probar que es cierto lo que digo. Estoy seguro de que, cuando oigáis mis argumentos, diréis exactamente lo mismo que digo yo ahora. Escuchad ahora mi argumentación, que es mi deseo que sepáis sobre este asunto tanto como yo. Si un edificio está construido y terminado con exactitud y esmero, se alaba al arquitecto y se da por buena la construcción; todos toman ejemplo de ella y quieren que la propia casa sea como aquélla, no ahorrando para ello ni gastos ni esfuerzos. Pero si luego va y se instala en la casa un haragán, un descuidado, cuyos esclavos son unos negligentes, una persona sucia, dejada, en seguida empieza el edificio a estropearse, porque aunque es bueno, tiene un mal cuidado y entonces, lo que pasa siempre: viene un temporal, rompe las tejas y las canales, y el dueño, que es un dejado, no quiere reemplazarlas; empieza a caer agua, las paredes se llueven y se empapan, se pudre la carpintería, perdido queda el trabajo del constructor, el valor práctico de la casa ha disminuido, y ello no por culpa de su arquitecto, sino que la mayoría de la gente tiene la manía de, una cosa que podría repararse por un pequeño gasto, esperar y esperar y no hacerlo, hasta que los muros se vienen abajo; entonces no queda otra solución sino volver a construir la casa otra vez del todo.

»Hasta aquí me he referido a los edificios; ahora os voy a explicar en qué consiste la semejanza entre ellos y los hombres. En primer lugar, los padres son los arquitectos para con los hijos: los crían y ponen todos sus cuidados en darles solidez y firmeza, sin ahorrar en materiales ni echar cuenta de los gastos, con tal que lleguen a ser hombres de provecho en los que puedan mirarse todos los demás y ellos mismos; luego viene el trabajo de pulirlos: les enseñan las letras, el derecho, las leyes, esforzándose para que todos deseen tener hijos semejantes a ellos. Cuando van a la milicia, les asignan a alguno de sus parientes para que los asistan. Una vez licenciados, dejan los hijos de depender de sus constructores; entonces llega la hora en la que se va a decidir el futuro del edificio. Yo, por ejemplo, fui una persona de provecho mientras que estuve en manos de mis constructores; pero después, cuando, ya independiente, entré a habitar en el edificio de mi natural condición, hice al momento vanos todos sus trabajos: vino la dejadez, que fue para mí el temporal, que con su llegada me trajo el granizo y la lluvia y me privó y me arrancó toda clase de miramientos y la mesura que da la virtud; yo no me cuidé a continuación de ponerme otra vez bajo cubierta, y entonces llegó como la lluvia el amor, que penetró hasta el fondo de mi pecho y ha inundado del todo mi corazón. Ahora me han abandonado a un tiempo bienes de fortuna, crédito, reputación, virtud y honor; ya no sirvo para nada, y verdaderamente es tal el grado de putrefacción en que se encuentra mi ma-

deramen, que no me parece posible ya re-
parar mi edificio, sino que va a venirse
todo abajo, va a fenecer desde sus cimien-
tos sin que haya quien pueda poner remedio a su derrumbamiento. El alma me
duele cuando veo lo que soy ahora y me
doy cuenta de lo que fui; en toda la juventud ática no había otro más hábil en el
deporte: era feliz con el ejercicio del dis-
co, la jabalina, la pelota, la carrera, las
armas, la equitación, era un modelo para
los otros por mi sobriedad y mi capacidad
de resistencia, los mejores tomaban ejemplo de mí; ahora que ya no valgo nada,
soy yo solo el responsable de haber llegado al estado en que me encuentro.

ESCENA TERCERA
FILEMATIO, ESCAFA, FILOLAQUES

FILEM.— (*Saliendo de casa sin ver a Filólaques*). De verdad, querida Escafa, que hace ya mucho que no he tomado un baño frío tan agradable, y es que realmente me ha sentado como nunca.

ESC.— Todo te sale a pedir de boca, lo mismo que ha sido hogaño de buena la cosecha.

FILEM.— Anda, y ¿qué tiene que ver la cosecha con mi baño?

ESC.— Ni más ni menos que tu baño con la cosecha.

FILOL.— (*Aparte*). ¡Oh, bellísima Venus! Ella es el temporal que me despojó de la buena conducta que me cobijaba cuando Amor y Cupido traspasaron como la lluvia mi pecho: y es que no encuentro medio de protegerme, llovidas están ya las paredes en mi corazón y en ruina todo mi edificio.

FILEM.— Mira, por favor, Escafa, a ver si me está bien este vestido, que quiero ponerme guapa para Filólaques, mi amor, mi patrono.

ESC.— Un encanto lo eres ya físicamente, o sea que lo que tienes que procurar es serlo también por tu conducta. Además, los buenos amadores no aman el vestido de la mujer, sino el relleno del mismo.

FILOL.— Los dioses me bendigan, qué gracia tiene esta Escafa, sabe mucho la malvada, qué enterada está de todos los tejemanejes y la mentalidad de los enamorados.

FILEM.— ¿Entonces?

ESC.— ¿Qué quieres?

FILEM.— Mírame, mujer, y dime cómo me está el vestido.

ESC.— Con lo guapa que eres, te está bien cualquier cosa que te pongas.

FILOL.— (*Aparte*). Por eso que acabas de decir. Escafa, te regalaré hoy... lo que sea y no permitiré que hayas echado en vano tal piropo a mi amor.

FILEM.— Déjate de adulaciones.

ESC.— ¡Chica, qué boba que eres! Oye, ¿es que prefieres ser censurada en falso que alabada con verdad? Yo, por mi parte, te juro que prefiero cien veces recibir alabanzas en falso que censuras con razón o que se rían los demás de mi persona.

FILEM.— A mí me gusta la verdad, y la verdad es lo que quiero oír; no puedo aguantar a la gente embustera.

ESC.— Te juro por el cariño que me tienes y por el cariño que Filólaques te tiene a ti que eres muy hermosa.

FILOL.— (*Aparte*). ¿Qué dices, malvada?, ¿qué clase de juramento has hecho, sólo por el amorque yo le tengo a ella?, ¿por qué no has añadido por el amor que ella me tiene a mí? Retiro mi palabra de hacerte un regalo. Tú sola te lo has buscado: te has perdido el regalo prometido.

ESC.— De verdad, Filematio, que me asombro de que siendo tan lista, tan sabihonda y tan bien criada, hagas ahora la tontería de hacer el tonto en esa forma.

FILEM.— Pues corrígeme, por favor, si es que hago mal.

ESC.— Y tanto que haces mal, por estar pensando sólo en él y por querer complacerle nada más que a él despreciando a todos los demás. Eso es propio de las mujeres honradas, pero no delas cortesanas el ser esclava de un solo hombre.

FILOL.— (*Aparte*). ¡Soberano Júpiter, qué calamidad tiene asiento en mi propia casa! Mal rayo me parta, si no es que mato a esa vieja a fuerza de sed, de hambre y de frío.

FILEM.— Escafa, yo no quiero que me des malos consejos.

ESC.— Una tonta eres a ojos vista si piensas que él va a ser por siempre tu amigo y tu bienhechor. Yo te lo aviso: te abandonará cuando no seas ya tan joven y cuando se harte de ti.

FILEM.— Espero que no.

ESC.— Lo imprevisto sucede muchas más veces que lo previsto. En fin, si es que las palabras no bastan a hacerte creer que es verdad lo que digo, déjate convencer de los hechos. Ves lo que soy yo ahora y lo que fui antes; no he sido yo menos amada que tú; también yo tenía sólo un único amor; y después que la edad cambió el color de mis cabellos, me dejó y me abandonó. Lo mismo te va a pasar a ti.

FILOL.— Apenas puedo contenerme de tirármela a la cara. ¡Qué manera de azuzarla!

FILEM.— Él me ha liberado con su dinero a mí y nada más que a mí para él y nada más que para él; por eso creo que es mi deber el complacerle sólo a él.

FILOL.— ¡Dioses inmortales, qué chica tan encantadora y tan honrada! He hecho pero que muy bien y estoy contento de haberme quedado sin un céntimo por causa suya.

ESC.— Realmente parece que eres tonta.

FILEM.— ¿Por qué?

ESC.— Por preocuparte de que te quiera.

FILEM.— ¿Y por qué no me voy a preocupar?, dime.

ESC.— Ya eres libre; ya has conseguido tus propósitos; en cambio, él, si te deja, habrá perdido la cantidad de dinero que dio por liberarte.

FILOL.— (*Aparte*). ¡Ay de mí, si no le doy la peor de las muertes a esa seductora malvada que quiere pervertirla.

FILEM.— Jamás podré agradecerle lo que ha hecho por mí, Escafa, no quieras persuadirme de que no le tenga en tanto.

ESC.— Así y todo, reflexiona una sola cosa: si te entregas sólo a su servicio mientras que eres así de jovencita, tendrás que arrepentirte luego cuando seas vieja.

FILOL.— (*Aparte*). Un garrotillo quisiera ser yo ahora para agarrar a esa bruja por la garganta y ahogarla a la malvada, por azuzarla de esa manera.

FILEM.— El mismo agradecimiento debo tenerle después de haber conseguido lo que quería que antes, cuando todavía no lo había conseguido y era tan zalamera con él.

FILOL.— (*Aparte*). Que los dioses hagan de mí lo que les venga en gana si no te vuelvo a dar la libertad por esas palabras y si no mato a Escafa.

ESC.— Si es que tienes la completa seguridad de que no te faltará nunca la manutención y de que ese amante será tuyo para toda la vida, entonces soy de opinión de que no te dediques más que a él y que te recojas el pelo como las señoras decentes.

FILEM.— El dinero suele ir a la par de la reputación de que goza una persona. Yo, si es que sé conservar mi buen nombre, tendré también riquezas más que suficientes.

FILOL.— (*Aparte*). Te juro que, aunque tuviera que vender a mi padre, lo vendería mucho antes que permitir mientras yo viva que pases necesidad o tengas que pedir limosna.

ESC.— ¿Y qué va a ser de los otros que te quieren?

FILEM.— Más me querrán cuando vean que soy agradecida con quien se porta bien conmigo.

FILOL.— (Aparte). ¡Ojalá que me llegara la noticia de que mi padre se había muerto, para renunciar a todos mis bienes y hacerla heredera a ella!

ESC.— Bien pronto vais a haber dado al traste con vuestra fortuna: de día y de noche, nada más que comer, beber, nadie piensa en ahorrar; eso se llama cebarse.

FILOL.— (*Aparte*). Te aseguro que estoy decidido a empezar a probar el ahorro contigo, porque no probarás bocado ni beberás en mi casa en los próximos días.

FILEM.— Si es que estás dispuesta a hablarme bien de él, puedes decir lo que quieras; pero si me hablas mal, te aseguro que vas a recibir palos.

FILOL.— (*Aparte*). De verdad que si hubiera ofrecido un sacrificio al soberano Júpiter por el mismo dinero que di por su liberación, no hubiera estado tan bien empleado; se ve que me quiere desde el fondo de su alma..., tampoco he andado yo sin vista de haber liberado a quien hará de abogado en favor de mi causa.

ESC.— Ya me doy cuenta que los demás hombres te traen sin cuidado en comparación de Filólaques; ahora, no sea que vaya a recibir palos por su causa, te llevaré la corriente, si es que tienes la seguridad de que será tu amigo por siempre jamás.

FILEM.— Dame en seguida el espejo y el cofrecillo de las joyas, Escafa, que esté arreglada cuando venga Filólaques, mi amor.

ESC.— Un espejo no lo necesita más que una mujer que no se siente segura de sí misma y de su juventud: ¿qué falta te hace a ti un espejo, si tú misma eres el mejor espejo para mirarse?

FILOL.— (*Aparte*). Por esas palabras, Escafa, para que no hayas dicho en vano una cosa tan bien dicha, te haré hoy algún regalo... a ti, Filematio de mi alma.

FILEM.— ¿Están los cabellos bien puestos cada uno en su lugar como deben?

ESC.— Mientras que tú seas como debes, ten por seguro que los cabellos no lo serán menos.

FILOL.— (*Aparte*). ¡Qué!, ¿habrase visto cosa más mala que esa mujer? Ahora dice a todo que sí, la malvada, antes no hacía más que llevar la contraria.

FILEM.— Dame la crema blanca.

ESC.— Pues ¿qué falta te hace?

FILEM.— Sí, para darme en las mejillas.

ESC.— Eso es igual que si quisieras poner el marfil más blanco con tinta.

FILOL.— (*Aparte*). Muy bien dicho eso del marfil y la tinta, bravo, ¡un aplauso para Escafa!

FILEM.— Entonces dame el colorete.

ESC.— No te lo doy; estás tú buena: ¿quieres estropear con una nueva mano de pintura una obra de arte tan preciosísima? Esa edad no necesita pinturas de ninguna clase: ni crema blanca, ni blanco de Melos, ni afeites de ninguna clase.

FILEM.— Toma entonces el espejo. (*Le da un beso antes de entregárselo*).

FILOL.— (*Aparte*). ¡Ay, pobre de mí! Le ha dado un beso al espejo; ojalá tuviera aquí una piedra para romperle la crisma al dichoso espejo ese.

ESC.— Toma la toalla y límpiate las manos.

FILEM.— ¿Por qué, pues?

ESC.— Como has tenido cogido el espejo, tengo miedo no te vayan a oler las manos a plata...,no sea que vaya Filólaques a sospechar que la has recibido de quien sea.

FILOL.— (*Aparte*). En mi vida he visto una tercera más redomada. ¡Mira que habérsele ocurrido eso del espejo!, ¡qué ingeniosa y qué ladina es la malvada!

FILEM.— ¿No crees que me debo perfumar?

ESC.— De ninguna manera.

FILEM.— ¿Por qué?

ESC.— Porque a fe mía que una mujer huele bien cuando no huele a nada; esas viejas que se untan de perfumes, todas recompuestas, esos vejestorios sin dientes que pretenden tapar sus defectos a fuerza de afeites, cuando el sudor se combina con los perfumes, huelen exactamente igual que un batiburrillo de salsas de un cocinero; no puedes saber a lo que huelen, lo único de que te das cuenta es que huelen mal.

FILOL.— (*Al público*). ¡Anda que no está bien enterada de todo, qué cosa más lista de mujer! Y además es que tiene razón; seguro que la mayoría de vosotros está de acuerdo con ella, sobre todo los que tenéis en casa una mujer vieja que os cazó por medio de su dote.

FILEM.— Venga, Escafa, mira estas joyas y este mantón cómo me están.

ESC.— No soy yo la que tengo que tener cuenta de eso.

FILEM.— Pues ¿quién entonces?, dime.

ESC.— Yo te lo diré: Filólaques, para que no te compre más que lo que crea que te gusta a ti. Lo que el enamorado compra con las joyas y la púrpura es la inclinación de su amiga: ¿a qué ponerle por delante de los ojos una cosa que él no quiere para maldita la cosa? La finalidad delos vestidos de púrpura es disimular la edad, las joyas son buenas para las feas; una mujer hermosa lo está mucho más desnuda que vestida de púrpura. Y después, de nada le sirve estar bien arreglada si es de mala condición; la mala conducta es peor que el barro para manchar un lindo tocado. Cuando se es guapa, se está arreglada y de sobra.

FILOL.— (Aparte). Ya me estoy conteniendo demasiado rato. ¿Qué es lo que hacéis aquí?

FILEM.— Me estoy arreglando para que estés contento conmigo.

FILOL.— Ya estás bastante arreglada. (*A Escafa*). Éntrate tú y llévate estas zarandajas. Pero, amor mío, Filematio mía de mi alma, tengo ganas de tomar unas copas contigo.

FILEM.— Y yo contigo, que lo que te da gusto a ti me lo da también a mí, amor mío.

FILOL.— Ves, esas palabras valen ya más que veinte minas.

FILEM.— Dame, si quieres, sólo

diez; te las dejo a un buen precio.

FILOL.— Tú tienes todavía diez minas de más; si no, echa la cuenta: yo he pagado treinta minas por ti.

FILEM.— ¿Por qué me lo echas en cara?

FILOL.— ¿Yo te lo voy a echar en cara?, si estoy deseando que me lo echen en cara a mí, después que hace ya tiempo que no he empleado un dinero mejor que ahora.

FILEM.— Por lo que a mí toca, no hubiera podido sacar mejor partido de mis servicios que entregándote a ti mi amor.

FILOL.— Entonces sale bien la cuenta de gastos e ingresos entre los dos: tú me quieres, yo te quiero, y los dos pensamos que tenemos motivo para ello. Ojalá gocen también de una felicidad sin fin los que con nosotros se alegren; quienes nos envidien, ojalá que no puedan gozar nunca de nada que sea digno de la envidia de los demás.

FILEM.— Anda, ponte entonces aquí (*en el diván*); (*a un esclavo*) chico, trae el aguamanil, pon aquí la mesita; a ver dónde están las tabas, ¿quieres algún perfume?

FILOL.— Para qué, si tengo a mi lado a la mirra en persona. Pero ¿no es mi camarada ese que viene ahí con su amiga? Sí, él es, Calidámates viene con su amiga; ¡bravo!, los soldados acuden a pedir su parte de botín.

ESCENA CUARTA

CALIDÁMATES, DELFIO, FILOLAQUES,

FILEMATIO

CA.— (*Hablando con un esclavo y tamba-leándose*). Quiero que se me venga a buscar pronto a casa de Filólaques, ¿me oyes? Tú, a ti te lo he mandado. Es que he salido huyendo de la casa en donde estaba, que era aquello un puro aburrimiento, el convite y la conversación; ahora voy acorrerme la juerga a casa de Filólaques, verás si allí nos lo pasamos bien, que son una gente muy divertida y muy simpática. (*A Delfio*). Pero oye, bueno, ¿es que te crees que he cogido una momo... una mona?

DE.— Siempre te portas de esa manera...

CA.— ¿Quieres que yo te abrace a ti y tú a mí?

DE.— Si tienes gana de ello, vale.

CA.— Eres un encanto, llévame, ¿quieres?

DE.— Tú, que te caes, tente en pie.

CA.— O-o-ojitos míos; yo soy tu crío, dulzura mía.

DE.— Pero bueno, que te vas a quedar echado aquí en medio de la calle, antes de que nos echemos allí en el diván.

CA.— Deja, déjame caer.

DE.— Dejado estás.

CA.— Pero deja que se caiga también esto que tengo en la mano.

DE.— Si te caes, desde luego que me caeré yo también contigo.

CA.— Pues ya nos levantará quien sea cuando nos vean tirados ahí.

DE.— Este hombre ha cogido una mona.

CA.— ¿Dices que he cogido una mo-mo... una mona?

DE.— Trae, dame la mano, no quiero que te des un porrazo.

CA.— Toma, ten.

DE.— Venga, ven conmigo.

CA.— ¿A dónde?

DE.— Pero ¿es que no lo sabes?

CA.— Sí que lo sé, ahora mismo me acuerdo, voy a casa a correrme la juerga.

DE.— A casa no, sino aquí.

CA.— ¡Ah, ya me acuerdo!

FILOL.— (*A Filematio*). ¿No te parece que vaya a su encuentro, mi vida? este es de todos mis amigos el que más aprecio; ahora mismo vuelvo.

FILEM.— Ese «ahora mismo» se me hace demasiado largo.

CA.— (*A la puerta, sin ver a Filólaques*). ¿Quién vive?

FILOL.— Yo soy.

CA.— ¡Bravo, Filólaques, salud, querido amigo!

FILOL.— Hola, venga, acomódate, Calidámates; ¿de dónde vienes?

CA.— De donde viene un individuo hecho una cuba.

FILEM.— Ponte a la mesa, querida Delfio, anda, dale de beber.

CA.— Yo lo que quiero es dormir.

FILOL.— ¡El mismo de siempre!

DE.— A ver lo que voy yo a hacer después con él.

FILEM.— Déjale estar, querida. (Al esclavo). Venga, tú da la copa a Delfio y vela haciendo luego pasar a los demás.

ACTO II

ESCENA PRIMERA
TRANIÓN, FILOLAQUES, CALIDÁMATES, DELFIO, FILEMATIO, UN ESCLAVO

TR.— El soberano Júpiter se empeña con todas sus fuerzas y por todos los medios en dar al traste conmigo y con Filólaques, el hijo del amo; ¡adiós esperanzas: por parte ninguna hay un refugio donde nos podamos sentir seguros! Ni siquiera la diosa de la Salud en persona podría concedérnosla aunque quisiera; tal es el cúmulo de desgracias y de males al que acabo de dar vista en el puerto: el amo ha vuelto de su viaje, muerto es un servidor. ¿Hay aquí alguien que tenga interés en ganarse algún dinerillo, que esté dispuesto a dejarse llevar al patíbulo en lugar mío? ¿Dónde están esos individuos *aguantapalos* y *arrastracadenas*, o esos que por tres perras se encaraman a las fortificaciones enemigas para ver luego traspasado su cuerpo en la mayoría de los casos por una docena de lanzas al mismo tiempo? Un talento estoy dispuesto a entregar al primero que se suba al patíbulo, pero con la condición de que se le claven allí dos veces los pies y dos veces las manos; una vez hecho esto, que venga luego a pedirme el dinero contante y sonante. Pero yo... ¿pues no seré desgraciado de no irme corriendo a todo correr a casa?

FILOL.— Ya está aquí la compra; ahí vuelve Tranión del puerto.

TR.— ¡Filólaques!

FILOL.— ¿Qué hay?

TR.— Te comunico que tanto tú como yo...

FILOL.—... tanto tú como yo, qué.

TR.— ...estamos perdidos.

FILOL.— ¿Cómo, pues?

TR.— Tu padre está aquí.

FILOL.— ¿Qué es lo que oigo?

TR.— Muertos somos; tu padre, digo, ha venido.

FILOL.— ¿Dónde está, por favor?

TR.— ¿Que dónde está? Aquí.

FILOL.— ¿Quién lo dice?, ¿quién le ha visto?

TR.— Yo lo he visto, digo.

FILOL.— ¡Ay de mí!, ¿qué hago ahora?

TR.— ¡Maldición!, ¿por qué me preguntas qué es lo que haces? A la mesa estás, digo yo.

FILOL.— ¿Tú mismo le has visto?

TR.— Yo mismo, sí, señor.

FILOL.— ¿Seguro?

TR.— Seguro, digo.

FILOL.— Muerto soy si es verdad lo que dices.

TR.— ¿Y qué iba yo a sacar con mentir?

FILOL.— ¿Y qué hago yo ahora?

TR.— Haz quitar todo esto de aquí. ¿Quién es ese que está ahí durmiendo?

FILOL.— Calidámates; despiértale, Delfio.

DE.— ¡Calidámates, Calidámates, despiértate!

CA.— Estoy despierto, venga algo de beber.

DE.— Despierta, el padre de Filólaques ha vuelto de su viaje.

CA.— Que le vaya bien.

FILOL.— No, si él está bien, el que está mal que peor soy yo.

CA.— ¿Que estás mal que peor? Eso no es posible.

FILOL.— Por favor, Calidámates, yo te lo ruego, levántate, mi padre ha vuelto.

CA.— ¿Que ha vuelto tu padre? Pues dile que se vaya otra vez, ¿quién le ha mandado volver?

FILOL.— ¿Qué hacer ahora? Mi padre me va a coger cuando llegue, aquí bebido, la casa toda llena de convidados y de mujeres. Una cosa muy triste es tener que empezar a abrir un pozo cuando te estás ya muriendo de sed: esta es exactamente mi situación actual, andar preguntando qué debo hacer mientras que mi padre está ya de vuelta.

TR.— Tú, mira este (Calidámates), ha dejado caer la cabeza y se ha dormido, despiértale.

FILOL.—¿Acabas ya de despertarte de una vez? Mi padre, te digo, va a llegar de un momento a otro.

CA.— ¿Tu padre, dices? Venga: los zapatos, que coja las armas, verás cómo voy y le mato.

FILOL.— No haces más que empeorar todavía más la situación.

DE.— Calla, por favor.

FILOL.— (*A los esclavos*). Lleváros-
lo adentro en brazos.

CA.— Diablos, si no me dais un ori-
nal, vais a servirme vosotros de ello. (*Se
lo llevan*).

FILOL.— ¡Estoy perdido!

TR.— Calla; ya inventaré yo lo que
sea para solucionarte el caso: ¿te basta si,
cuando llegue tu padre, consigo no sólo
que no entre en casa, sino que salga huyendo a cien leguas de distancia? Vosotros
entrad en seguida y retirad todo esto de
aquí.

FILOL.— Y yo, ¿dónde me quedo?

TR.— Donde mejor te parezca: con
esta, o con esta. (*Señalando a Delfio y a
Filematio*).

DE.— ¿No es mejor que nos marchemos nosotras?

TR.— Ni un tanto así, Delfio; por este motivo no tenéis necesidad de dejar de beber ni una gota menos.

FILOL.— ¡Ay de mí, que estoy sudando a fuerza de miedo a ver por dónde nos van a salir todas esas lindas promesas!

TR.— ¿Va a ser posible que te estés tranquilo y que hagas lo que te mando?

FILOL.— Sí.

TR.— Ante todo, tú, Filematio, entra, y tú también, Delfio.

DE.— Dispuestas estamos las dos a servirte los pensamientos. (Entran).

TR.— ¡Júpiter lo quiera! (A Filólaques). Atiende ahora tú lo que quiero que se haga: lo primero de todo, haz en seguida cerrar la puerta; dentro, mucho cuidado con permitir que nadie diga una sola palabra.

FILOL.— De acuerdo.

TR.— Como si no hubiera un alma en la casa.

FILOL.— Vale.

TR.— Y que nadie conteste cuando el viejo llame a la puerta.

FILOL.— ¿Algo más?

TR.— Hazme sacar aquí la llave lacónica9; quiero cerrar la casa desde fuera.

FILOL.— Bajo tu protección pongo mi persona y todas mis esperanzas. (*Entra en casa).*

TR.— Patrono o cliente, todo es una misma cosa para una persona amilanada, porque, lo mismo si se trata de una buena que de una mala persona, la dificultad no está en jugar una mala pasada, aunque sea de improviso, sino que lo importante es andar con ojo, y es misión de quien sabe lo que se hace conseguir que todos sus malos propósitos y sus fechorías se desenvuelvan sin contratiempos y sin daño para su autor y sin que le caiga encima algo que le haga perderlas ganas de vivir. Eso mismito voy a hacer yo, que, a pesar de todos los desperfectos que hemos organizado aquí, veréis cómo se va a aclarar la situación y a quedar todo en la más completa calma sin que tengamos que sufrir nosotros malas consecuencias de ninguna clase. (*A un esclavo que sale*). Pero ¿a qué sales otra vez, Esferión?, vamos, vamos, vaya una forma de obedecer mis órdenes.

ES.— El amo me ha dicho que te rogara muy encarecidamente que espantaras a su padre como sea para que no entre en la casa.

TR.— ¡Bueno!, dile que yo haré que no se atreva ni a mirarla y que salga de aquí huyendo horrorizado con la capa liada a la cabeza. Venga la llave y entra y atranca la puerta, yo también cerraré por fuera. (*El esclavo entra; Tranión echa la llave a la puerta*). Deja que venga el viejo, que le voy a organizar una fiesta en vida y en sus mismas narices como seguro que no la va a poder recibir el día de su muerte. Me retiraré de la puerta: desde aquí puedo calcular desde lejos la mejor forma de pegársela al viejo cuando llegue.

ESCENA SEGUNDA
TEOPRÓPIDES, TRANIÓN

TE.— De todo corazón te doy gracias, soberano Neptuno, por haberme dejado al fin escapar con vida de tus dominios y llegar a la patria; sólo que si de aquí en adelante me ves poner aunque no sea más que un pie sobre las olas, te permito que hagas sin dilación alguna lo que en sí tenías el propósito de hacer esta vez; nunca jamás quiero volver a tener cuentas contigo; toda la confianza que pude depositar en ti, la deposité ya de una vez para siempre.

TR.— (*Aparte*). Caray, Neptuno, has cometido una grave falta, haber perdido una ocasión tan buena.

TE.— Vuelvo de Egipto a casa después de tres años de ausencia; espero que los míos se alegren de mi llegada.

TR.— (Aparte). Más se hubieran alegrado con la venida de quien hubiera anunciado tu muerte.

TE.— Pero ¿qué es esto?, la puerta cerrada en pleno día. Llamaremos. ¡Eh!, ¿quién vive? ¡Abridme!

TR.— ¿Quién es ese hombre que está ahí delante de nuestra casa?

TE.— Ese es, desde luego, mi esclavo Tranión.

TR.— ¡Oh, Teoprópides, mi amo, salud, me alegro de verte llegar sano y salvo! ¿Te ha ido bien todo el tiempo?

TE.— Sí, como ves.

TR.— ¡Estupendo!

TE.— Y vosotros ¿qué?, ¿habéis perdido la cabeza?

TR.— ¿Por qué, pues?

TE.— Pues porque sí, porque andáis dando vueltas por la calle y en casa no hay un alma que la guarde ni que salga a abrir la puerta ni conteste; casi he partido las puertas a fuerza de golpes.

TR.— ¡Huy!, pero ¿es que has tocado la puerta?

TE.— ¿Por qué no la iba a tocar? Es más, que a fuerza de golpes, digo, casi la he hecho pedazos.

TR.— ¿Que la has tocado?

TE.— Sí, sí, la he tocado, digo, y la he aporreado.

TR.— ¡Ay!

TE.— ¿Qué pasa?

TR.— ¡Huy, qué desgracia!

TE.— Pero ¿qué es lo que ocurre?

TR.— Imposible decir qué acción tan fuera de tino y tan funesta has cometido.

TE.— Pero ¿por qué?

TR.— ¡Huye, por favor, y aléjate de la casa! Hacia aquí, hacia donde yo estoy. ¿Has tocado la puerta?

TE.— Pero ¿cómo hubiera podido llamar sin tocarla?

TR.— Pues has dado muerte...

TE.— ¿A quién?

TR.— A todos los tuyos.

TE.— Los dioses y las diosas todas hagan otro tanto contigo, tú, con esos malos agüeros.

TR.— Temo que te va a ser imposible hacer expiaciones suficientes por ti y por los tuyos.

TE.— ¿Por qué?, o ¿qué es esa novedad con que me sales ahora de pronto?

TR.— Y oye, dile a esos dos que se retiren. (*Los esclavos que le acompañan*).

TE.— ¡Retiraos!

TR.— No toquéis la casa; tocad vosotros también la tierra.

TE.— Diablos, por favor, ¿por qué no te explicas?

TR.— Es que hace ya siete meses que nadie ha puesto un pie en esta casa, después de que la desalojáramos.

TE.— Explícate, ¿por qué?

TR.— Echa una mirada, a ver si hay alguien que esté a la escucha de nuestra conversación.

TE.— No hay peligro alguno.

TR.— Mira otra vez.

TE.— No hay nadie, habla ya.

TR.— Se trata de un crimen.

TE.— ¿De qué? No te comprendo.

TR.— Un asesinato, digo, que ha sido cometido ya hace tiempo, un crimen viejísimo.

TE.— ¿Viejísimo?

TR.— Y nos acabamos de enterar ahora.

TE.— ¿Qué crimen es o quién lo ha cometido?

TR.— El dueño de la casa ha echado mano aquí a un amigo suyo y lo ha matado; en mi opinión el mismo que te vendió la casa.

TE.— ¿Que lo mató?

TR.— Lo mató y le robó su dinero y lo enterró aquí en la casa.

TE.— ¿Y cómo habéis llegado vosotros a esa conclusión?

TR.— Yo te lo diré, escucha: había cenado tu hijo fuera, y luego que volvió de la cena a casa, nos vamos todos a la cama y nos dormimos; dio la casualidad de que se me había olvidado a mí apagar la lámpara, y de pronto va él y pega un grito enorme.

TE.— Pero ¿quién?, mi hijo, ¿no?

TR.— ¡Chsst! calla, tú escúchame: dice que es que se le había aparecido en sueños el difunto.

TE.— Pero en sueños, ¿no?

TR.— Síii, pero tú escúchame; dice que el muerto le habló como sigue...

TE.— ¿En sueños?

TR.— Milagro que se lo hubiera dicho despierto, si hacía sesenta años que había sido asesinado; a veces dices unas sandeces.

TE.— Me callo.

TR.— Pero verás (*lo que le dijo, con voz de ultratumba*): «Soy un huésped venido aquí de ultramar, Diapontio, aquí habito, esta es la morada que me ha sido concedida, que Orco no quiso acogerme en el Aqueronte por haber sido privado de la vida prematuramente. Fui objeto de una traición: mi amigo me dio muerte y me metió aquí bajo tierra clandestinamente sin darme debida sepultura el muy malvado, sólo por causa de mi oro. Ahora tú, sal de esta casa, que está maldita, es nefando el habitar en ella». Un año entero no me bastaría para contarte las cosas tan espantosas que ocurren aquí. ¡Chsst, Chsst

¡TE.— ¿Qué es lo que sucede? Por favor, yo te suplico.

TR.— Ha sonado la puerta, ¿será él quien ha dado esos golpes?

TE.— ¡No tengo una gota de sangre en mis venas, los muertos se me llevan en vida al Aqueronte!

TR.— (Aparte). ¡Ay de mí!, esos van a echar a perder toda mi historia; estoy temblando de que me coja este *in fraganti*.

TE.— ¿Qué es lo que estás ahí relatando?

TR.— ¡Retírate de la puerta, huye, por favor, yo te lo suplico!

TE.— ¿A dónde voy a huir?, ¡huye tú también!

TR.— Yo no tengo miedo, yo estoy a buenas con los muertos.

UNA VOZ DESDE DENTRO.— ¡Eh, Tranión!

TR.— (*Haciendo como que habla con el difunto*). Harás mejor en no llamarme; yo no he hecho mal alguno ni he llamado a la puerta; por favor.

TE.— Pero ¿es que has perdido el juicio, Tranión?, ¿con quién estás hablando?

TR.— Ah, ¿eres tú el que me ha llamado? Te juro que creí que me pedía cuentas el difunto por haber aporreado tú la puerta. ¿Pero todavía sigues ahí plantado y no haces caso a lo que te digo?

TE.— ¿Qué es lo que debo hacer?

TR.— No te vuelvas a mirar, huye, tápate la cabeza.

TE.— ¿Y tú por qué no huyes?

TR.— Yo estoy en paz con los muertos.

TE.— Sí, sí, y entonces, antes ¿qué?, ¿por qué te entró ese miedo?

TR.— No te preocupes por mí, te digo, ya me las arreglaré yo por mi cuenta. Tú, adelante, huye lo más rápido que puedas e invoca a Hércules.

TE.— ¡Hércules, misericordia! (Se va).

TR.— Lo mismo digo: mal rayo te parta, abuelo. ¡Dioses inmortales, misericordia, no es chica la mala pasada a la que acabo de dar cima!

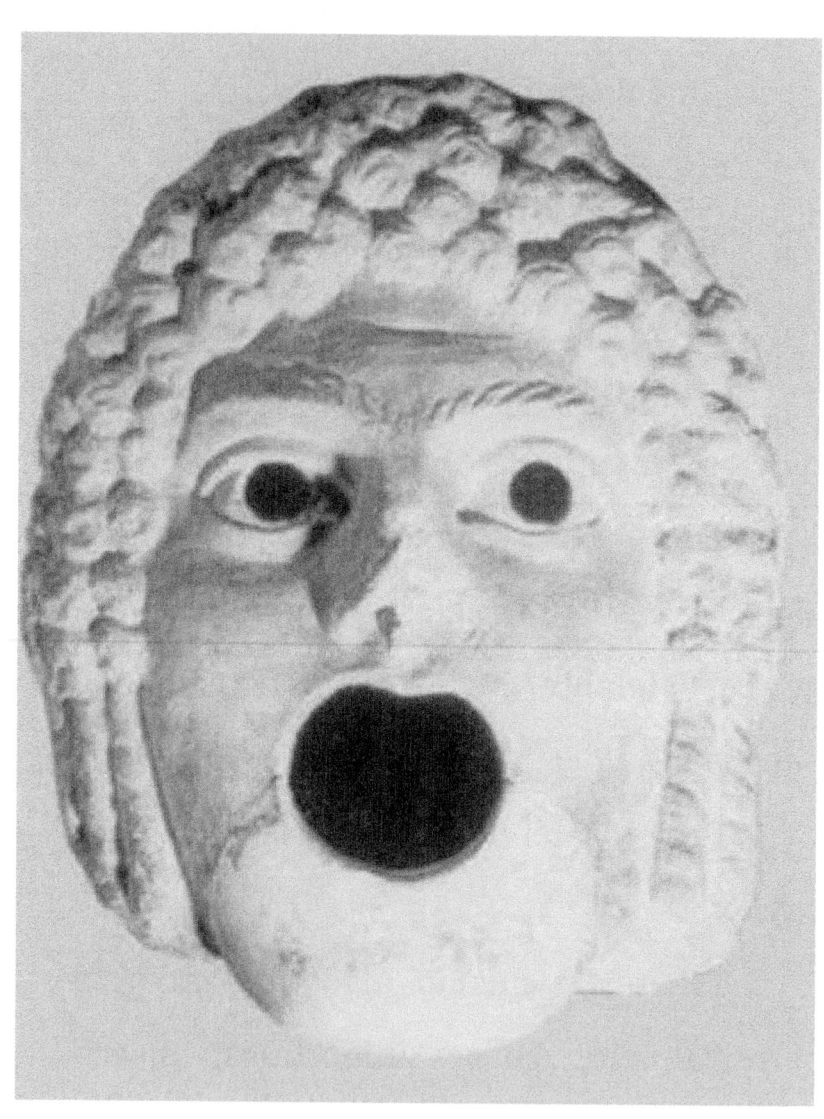

ACTO III

ESCENA PRIMERA

UN USURERO, TRANIÓN, TEOPRÓPIDES

US.— En mi vida he visto un año más malo para préstamos que el presente; el día entero me paso en el foro de la mañana a la noche y no consigo prestar una perra a nadie.

TR.— (*Aparte*). Ahora sí que estoy perdido para siempre jamás: se presenta nada menos que el prestamista que nos dio el dinero con el que hemos comprado a la joven. Todo queda al descubierto, si no me adelanto para que no se entere el viejo de todo. Voy a su encuentro. (*Viendo volver a Teoprópides*). Pero ¿cómo es que se vuelve ese tan pronto a casa? Me temo que es que haya tenido alguna noticia de toda la historia. Me acercaré y le hablaré: ¡ay, pobre de mí, estoy muertecito de miedo!, no hay nada peor que la mala conciencia, lo cual es precisamente mi caso. Pero sea lo que sea, seguiré adelante con mis embrollos: ¿qué otro remedio queda? (*A Teoprópides*). ¿De dónde vienes?

TE.— He visto al sujeto al que le compré la casa.

TR.— ¿Le has hablado de eso que te dije?

TE.— Sí, todo se lo he dicho.

TR.— (*Aparte*). ¡Ay, pobre de mí! ¡Mucho me temo que se hayan venido del todo abajo mis maquinaciones!

TE.— ¿Qué es lo que andas relatando ahí?

TR.— Nada, nada; pero dime: ¿se lo has dicho?

TE.— Se lo he dicho, digo, todo, punto por punto.

TR.— ¿Y ha confesado lo del huésped?

TE.— No, sino que lo niega rotundamente.

TR.— Lo niega.

TE.— Reflexiona: si lo hubiera confesado, te lo diría. ¿Qué crees que se debe hacer ahora?

TR.— ¿Que qué creo que se debe hacer? Ponte de acuerdo con él y coge a una persona que medie entre los dos (pero procura coger uno que se fíe de mí); yo te aseguro que te saldrás con la tuya como quien se bebe un vaso de agua.

US.— Anda, ahí está Tranión, el esclavo de Filólaques, que ni me pagan los intereses ni me devuelven el capital.

TE.— (*A Tranión, que va a acercarse al usurero*). ¿A dónde vas?

TR.— A ninguna parte. (*Aparte*). De verdad que soy un desgraciado y un mala suerte y que he nacido con un mal sino; ahora me va a abordar ese estando aquí presente el otro: ¡ay, qué desgraciado soy!, nada más que dificultades por aquí y por allá. Mejor será que me adelante yo a hablarle.

US.— Viene para acá, estoy salvado, hay esperanza de pago.

TR.— (*Aparte*). Tiene un aspecto muy optimista; se equivoca, el pobre. Muy buenas, Misargírides.

US.— Buenas; ¿qué hay de eso del dinero?

TR.— ¡Anda, vete ya, monstruo!, nada más llegar y ya me has lanzado la jabalina.

US.— Este está limpio.

TR.— Este es sin duda un adivino.

US.— Venga y déjate de esas pamplinas.

TR.— Venga y dime ya lo que quieres.

US.— ¿Dónde está Filólaques?

TR.— No has podido venir más a punto.

US.— ¿Y eso por qué?

TR.— Vente un poco más para acá. (*Alejándose de Teoprópides*).

US.— ¿Por qué no se me pagan los intereses?

TR.— Ya sé que tienes buena voz, no grites tanto.

US.— Maldición, me da la gana de gritar.

TR.— ¡Ah, hazme ahora un favor!

US.— ¿Qué favor quieres que te haga?

TR.— Vete a casa, yo te lo ruego.

US.— ¿Que me vaya?

TR.— Sí, y vuelve a eso del mediodía.

US.— ¿Y se me van a pagar entonces los intereses?

TR.— Se te pagarán; ahora, márchate.

US.— ¿Y para qué voy a tomarme el trabajo de volver y perder mi tiempo?, ¿no es mejor que me espere aquí hasta el mediodía?

TR.— No, vete a casa, de verdad te lo digo, tú, vete, por favor.

US.— No, sino dadme mis intereses, ¿a qué tanta historia?

TR.— Tú, te juro que... vete, por favor, hazme caso.

US.— ¡Maldición, ahora mismo voy y le llamo por su nombre!

TR.— ¡Bravo, muy bien, ahora ya estás feliz de poder dar gritos!

US.— Es lo mío lo que exijo, ya hace muchos días que me vais dando largas en la misma forma; si es que os resulto molesto, devolvedme mi dinero, verás cómo me largo. No tienes sino que decirme que me pagas y te quedas libre de reclamaciones.

TR.— Entonces te devolvemos el capital.

US.— No, los intereses, eso es lo que quiero primero.

TR.— ¿Cómo, infame, más que infame, has venido aquí para medir la fuerza de tus pulmones? Puedes hacer todo lo que esté al alcance de tu mano: no paga, no debe.

US.— ¿Que no debe?

TR.— Ni un pelo te puedes llevar de aquí. ¿Es que temes acaso que se vaya de la ciudad y se expatríe por causa de tus intereses, cuando es así que te sería posible recibir el capital?

US.— Es que no reclamo el capital; primero se me tienen que pagar los intereses.

TR.— No importunes más: no se te da nada, haz lo que te dé la gana. ¿Eres tú quizá el único que presta dinero a réditos?

US.— (*A gritos*). ¡Venga mis intereses, pagadme mis intereses!¿Me pagáis inmediatamente mis intereses? ¿Se me pagan mis intereses?

TR.— ¡Intereses por aquí, intereses por allá! No sabe decir otra cosa más que intereses. ¡Fuera de aquí! En mi vida creo haber visto bicho más malo que tú.

US.— Te juro que no me impones con esas palabras.

TE.— Eso está que arde, y, a pesar de la distancia, quema de lo lindo. Vamos a ver qué son esos intereses que reclama este. (*Acercándose*).

TR.— Mira, el padre de Filólaques ha llegado hace poco de un viaje, él te dará los intereses y el capital a ver si te dejas ya de tanto incordio en adelante; verás si se lo hace decir dos veces.

US.— No tengas pena que no vaya a coger lo que me den.

TE.— A ver, Tranión.

TR.— ¿Qué?

TE.— ¿Quién es ese?, ¿qué es lo que pide?, ¿por qué recrimina así a mi hijo Filólaques y te arma a ti ese escándalo en tu propia cara?, ¿qué es lo que se le debe?

TR.— Por favor, yo te suplico, haz que le tiren el dinero a la cara al bicho asqueroso este.

TE.— ¿Que haga...?

TR.— Sí, que hagas partirle la cara con el dinero.

US.— Esos golpes en metálico los soporto yo con mucha facilidad.

TR.— ¿Lo estás viendo?, por favor, un usurero auténtico, gente de la peor ralea.

TE.— No me interesa quién es, ni qué es, ni cuál es su procedencia; lo que quiero que se me diga, lo que quiero saber es sólo lo siguiente: de qué dinero se trata.

TR.— Se trata de que.... Es que Filólaques tiene una pequeña deuda con él.

TE.— ¿Pequeña?, ¿cómo de pequeña?

TR.— Unas... unas cuarenta minas, no vayas a creer que es mucho.

TE.— Sí, sí, poco; además, oigo también que se le deben los intereses.

TR.— Cuarenta y cuatro minas se le deben en total; dile que se las vas a dar, para que se vaya.

TE.— ¿Que le diga que se las voy a dar?

TR.— Sí.

TE.— ¿Yo?

TR.— Sí, tú en persona. Díselo, hazme caso, prométeselo, venga, digo, yo te lo mando.

TE.— A ver, contéstame: ¿qué se ha hecho con ese dinero?

TR.— Está a buen recaudo.

TE.— Entonces pagádselo vosotros mismos, si es que lo tenéis.

TR.— Tu hijo ha comprado una casa.

TE.— ¿Una casa?

TR.— Sí, una casa.

TE.— ¡Bravo, Filólaques sale a su padre!, ya empieza el joven a moverse en los negocios.]¿Dices una casa?

TR.— Una casa, digo. Pero ¿sabes qué casa?

TE.— ¿Cómo lo voy a saber?

TR.— ¡Oh!

TE.— ¿Qué pasa?

TR.— ¡No veas!

TE.— Pero bueno, ¿qué?

TR.— Más reluciente que un espejo, como los propios chorros del oro.

TE.— Caray, me parece muy bien; y qué, ¿por cuánto la ha comprado?

TR.— Por tantos talentos magnos como hacemos tú y yo juntos; pero de garantía ha dado las cuarenta minas estas; las tomó prestadas de aquí (*señalando al usurero*) para entregárselas al vendedor, ¿comprendes? Es que, puesto que la casa esta estaba en las condiciones que te dije, fue y se compró en seguida otra.

TE.— Eso está pero que muy bien.

US.— ¡Eh, tú, que es casi mediodía!

TR.— Despáchale, por favor, que no nos mate con tanto echar por esa boca; cuarenta y cuatro minas se le deben, incluido el capital y los intereses.

US.— Cabales, no exijo nada más.

TR.— No, eso es lo que faltaba, que pidieras ni una pena más.

TE.— Joven, conmigo has de tratar.

US.— O sea que es a ti a quien lo tengo que reclamar, ¿no?

TE.— Sí, mañana.

US.— Me marcho: me doy por contento si lo tengo mañana en mi poder. (*Se va*).

TR.— (*Continuando las palabras del usurero*)... sí, la desgracia que ojalá hagan caer sobre él los dioses y las diosas todas por dar al traste en esa forma con mis planes. Verdaderamente no hay hoy por hoy peor ralea ni gente más inicua que los usureros.

TE.— ¿En qué barrio ha comprado mi hijo la casa que dices?

TR.— (*Aparte*). ¡Ay, ahora sí que estoy perdido!

TE.— ¿Me contestas a lo que te pregunto?

TR.— Yo te lo diré; es que estoy pensando cómo se llama el dueño.

TE.— Venga, haz memoria, pues.

TR.— (*Aparte*). ¿Qué otro remedio me queda sino decir que es del vecino de al lado la casa que ha comprado su hijo? Yo he oído decir que las mentiras mientras más calientes, mejor; lo que los dioses me inspiran, eso le digo, y ya está.

TE.— ¿Qué, te acordaste ya?

TR.— ¡Maldito sea el tipo ese!... (*por lo bajo, refiriéndose a Teoprópides*) Sí, eso, al vecino de al lado le ha comprado tu hijo la casa.

TE.— ¿De verdad?

TR.— Si es que tú estás dispuesto a entregar el dinero, entonces la ha comprado de verdad; si no lo entregas, entonces, no.

TE.— El sitio no es demasiado bueno.

TR.— Al revés, no puede ser mejor.

TE.— Yo quiero ver la casa, llama a la puerta y haz salir a alguien, Tranión.

TR.— (*Aparte*). Ahora sí que estoy perdido, no sé lo que decir, otra vez me vuelven a llevar las olas contra los mismos escollos.

TE.— Entonces, ¿qué?

TR.— (*Aparte*). No se me ocurre

ninguna solución, me cogen con las manos en la masa.

TE.— Llama en seguida a alguien que salga y dile que si nos puede enseñar la casa.

TR.— Eh, tú, ahí hay mujeres; hay que enterarse primero si es que ellas están de acuerdo o no lo están.

TE.— Tienes mucha razón; pregunta y pide permiso; yo te espero aquí un momento a la puerta hasta que salgas.

TR.— (*Aparte*). Los dioses todos y las diosas te confundan, abuelo, qué manera de obstaculizar por todas partes mis salidas. ¡Bravo, mira qué bien que sale precisamente el dueño en persona, Simón! Me apartaré aquí un poco hasta convocar en mi cabeza la asamblea de mis pensamientos; cuando se me haya ocurrido lo que tengo que hacer, entonces le abordaré.

ESCENA SEGUNDA
SIMÓN, TRANIÓN, TEOPRÓPIDES

SI.— (*Sin ver a los otros*). En todo el año me ha ido mejor en casa ni he comido con más gusto: mi mujer me ha dado un almuerzo excelente, y ahora me dice que a dormir. Ni hablar. Ya tuve yo la impresión en seguida que no era así como así que me ponía un almuerzo mejor que de costumbre; es que me quería meter en el dormitorio, la vieja. No es bueno dormir después de la comida, ¡quita! A escondidillas me he salido aquí fuera, mi mujer seguro que está hecha toda una furia conmigo ahí dentro.

TR.— Buena le espera al viejo este a la tarde: le va a costar una mala cena y una mala noche.

SI.— Mientras más lo pienso para mis adentros, ¿qué te apuestas que no les entra nunca sueño a los que tienen una mujer rica y vieja? Todos le tienen horror a irse a la cama, como yo ahora, que es cosa hecha que me marcho al foro antes que quedarme durmiendo en casa. (*Al público*). Desde luego, yo no sé cómo serán vuestras mujeres, pero lo que es la mía, bien que me sé las que me hace pasar, y además, que la cosa irá de mal en peor.

TR.— (Aparte). Mal te va a salir la escapada, viejo; pero no tendrás motivo para echar la culpa a ningún dios; a ti te la tendrás que echar con todas las de la ley y con razón. Ahora es la ocasión de hablarle. ¡Ya cayó! Se me acaba de ocurrir la manera de engañar al viejo y el embuste con el que puedo sacudirme mis penas.

Me acercaré a él. (*Teoprópides se queda al otro extremo de la escena*). Los dioses te guarden, Simón.

SI.— Buenos días, Tranión.

TR.— ¿Qué tal andas?

SI.— Vamos tirando. ¿Y tú, qué haces?

TR.— Estrechar la mano de un hombre estupendo.

SI.— Gracias por el piropo.

TR.— Nada más justo, desde luego.

SI.— Pero, en cambio, yo no estrecho la mano de un buen esclavo.

TE.— ¡Eh, tú, bribón, ven para acá!

TR.— Ahora mismo.

SI. ¿Y qué, ¿cuándo?

TR.— ¿...Cuándo qué?

SI.— No, el trajín ese que os traéis ahí dentro.

TR.— ¿Qué trajín?

SI.— Ya sabes a lo que me refiero; pero está bien, tú a llevarle la corriente; ten también en cuenta lo pronto que se pasa la vida.

TR.— ¿Qué? Ah, ya al fin caigo, te refieres aquí al trajín este nuestro.

SI.— Anda que no es nada la buena vida que os dais, y nada más justo: buen vino, buenos manjares, pescados ricos y selectos, así os endulzáis la vida.

TR.— Vida, lo que se llama vida, eso ha sido hasta lo presente; ahora, (Simón), todo eso ha pasado a la historia.

SI.— Pero ¿cómo?

TR.— Estamos del todo perdidos, Simón.

SI.— No me digas, hasta ahora todo os había salido a pedir de boca.

TR.— No niego que haya sido así como dices; en efecto, nos hemos pegado una vida padre, pero, Simón, el viento favorable ha vuelto la espalda en forma tal a nuestra nave que...

SI.— Pero ¿cómo?, ¿de qué manera?

TR.— De muy mala manera.

SI.— Pues ¿no habíais atracado ya y la teníais a buen recaudo?

TR.— ¡Ay!

SI.— ¿Qué pasa?

TR.— ¡Pobre de mí, estoy perdido!

SI.— ¿Por qué?

TR.— Porque ha venido una nave que va a hacer pedazos a la nuestra.

SI.— Lo siento, Tranión, pero ¿qué es lo que ha pasado?

TR.— Yo te lo diré: el amo ha regresado.

SI.— Entonces eso anuncia cadenas, la horca.

TR.— Por tus rodillas, Simón, yo te conjuro que no nos delates al amo.

SI.— De mí no sabrá nada, no te apures.

TR.— ¡Salve, patrono!

SI.— No me interesan clientes de tu ralea.

TR.— Ahora, a lo que me ha mandado mi amo...

SI.— Contesta primero a lo que te pregunto: ¿se ha percatado ya el viejo de algo de eso?

TR.— De nada absolutamente.

SI.— ¿Ha regañado ya a su hijo?

TR.— Está más sereno que un día de sol radiante. Pero es que me ha encargado que te pidiera que le dejaras ver tu casa.

SI.— No está a la venta.

TR.— Lo sé. Pero es que el amo quiere construir un departamento para las mujeres aquí en su casa, y unos baños, y así un paseo y un pórtico.

SI.— ¡Ahí es nada!, ¿qué sueños son esos?

TR.— Yo te lo diré: quiere casar a su hijo cuanto antes, y por eso es lo de construir un nuevo departamento para las mujeres; porque es que dice que no sé qué arquitecto le ha ponderado mucho tu casa, que es una construcción de locura; y es por eso por lo que quiere tomar modelo de ella, si no tienes nada en contra, sobre todo porque ha oído que tienes ahí en el verano una sombrita que da gusto a pleno aire libre todo el santo día.

SI.— Al revés, diablos, puede haber sombra por cualquier otra parte, pero aquí tienes sol de la mañana a la noche; ni que fuera un acreedor: lo tienes plantado a la puerta el día entero y un lugar a la umbría no lo tengo yo en mi casa a no ser en la cisterna.

TR.— Oye, ¿no tienes quizá una *sarsinate* si es que no tienes ninguna umbría?

SI.— No te pongas pesado: las cosas son como son, tal como te digo.

TR.— Pero, así y todo, quiere el amo ver la casa.

SI.— Que la vea, si es que tiene tanto interés; si hay algo que le gusta, nada, no tiene más que tomar modelo y construirlo igual.

TR.— ¿Voy entonces y le llamo?

SI.— Sí, dile que venga.

TR.— (*Aparte*). Alejandro Magno y Agatocles tienen los dos la fama de haber realizado incomparables proezas; conmigo hacemos tres: ¿qué no se dirá de mí que llevo a cabo sólo hazañas inmortales? El viejo este lleva ya sus albardas, el amo otro tanto de lo mismo; no está mal el nuevo oficio que me he inventado: los muleros tienen mulos de carga, igualito que yo, sólo que yo son hombres lo que tengo y no mulos; y no es nada lo que soportan: les eches lo que les eches, que te lo llevan. Ahora quizá debía hablar con el amo: allá voy. ¡Eh, Teoprópides!

TE.— Hm, ¿quién me llama?

TR.— Un esclavo cien por cien fiel a su amo.

TE.— ¿De dónde vienes?

TR.— Te traigo solucionado todo a lo que me mandaste.

TE.— Pero ¿cómo te has estado allí tantísimo rato?

TR.— Es que Simón no tenía tiempo y he tenido que esperar.

TE.— Eres el mismo de siempre, un tardón.

TR.— Oye, tú acuérdate del dicho ese de que no se puede soplar y sorber al mismo tiempo; yo no podía estar aquí y allí a la vez.

TE.— Entonces, ¿qué?

TR.— Puedes ir a ver la casa y examinarlo todo a tu gusto.

TE.— Hale, anda, tú me guías.

TR.— Ahora mismo.

TE.— Yo te sigo.

TR.— Mira, el dueño en persona te espera a la puerta. Pero no te puedes figurar la pena que tiene de haber vendido la casa.

TE.— ¿Y entonces?

TR.— Me ha pedido que convenza a Filólaques de que se la devuelva.

TE.— No, eso no; cada uno va a lo suyo; si hubiera sido una mala compra, no tendríamos derecho a volvernos atrás. En cuestión de ganancias, no hay sino barrer para adentro, nada de andarse con contemplaciones.

TR.— Caray, que estamos perdiendo tiempo. Mira, aquí te traigo a tu vecino.

SI.— Me alegro de que hayas regresado bien de tu viaje, Teoprópides.

TE.— Los dioses te guarden, Simón.

SI.— Tranión me ha dicho que querías ver mi casa.

TE.— Si no te ocasiona molestias.

SI.—No, no, al contrario, pasa y mira lo que quieras.

TE.— Pero no sea que las mujeres...

SI.— Por las mujeres no te preocupes ni un pelo; puedes recorrer toda la casa como si fuera tuya.

TE.— ¿«Como si»?

TR.— (*Por lo bajo a Teoprópides*). Tú, no vayas ahora a refregarle por las narices que has comprado la casa, con la pena que tiene el hombre: ¿no ves lo cariacontecido que está?

TE.— Sí, sí.

TR.— O sea que no tenga la impresión de que te chungueas y de que no sabes contener tu impaciencia; no le mientes que has comprado la casa.

TE.— Comprendo y considero que haces bien en avisármelo, y pienso que eso es dar prueba de buenos sentimientos.

TR.— (*A Simón*). ¿Entonces? Tú entra y míralo todo con tranquilidad, como se te antoje.

TE.— Muy amable, muchas gracias.

SI.— Nada, con mucho gusto. ¿Quieres que te guíe alguien?

TE.— Déjate de guías, nada de eso; sea lo que sea, prefiero en todo caso perderme que no que me haga nadie de guía.

TR.— ¿Ves qué vestíbulo a la entrada y qué corredor?

TE.— ¡Fantástico verdaderamente!

TR.— Mira, fíjate en las jambas de la puerta: ¡menudas son, qué firmeza tienen y qué grosor!

TE.— En mi vida creo haber visto otras más hermosas.

SI.— Caramba, su precio me habían costado entonces.

TR.— (*A Teoprópides, por lo bajo*). ¿Te das cuenta cómo ha dicho «me habían costado». Yo creo que casi no puede contener las lágrimas.

TE.— ¿Por cuánto las compraste?

SI.— Tres minas di por las dos, aparte del transporte.

TE.— (*Examinándolas con más detalle*). Vaya, que son mucho peores de lo que había creído en un principio.

TR.— ¿Por qué?

TE.— Pues porque están las dos picadas por la parte de abajo.

TR.— Seguro que es que las han cortado fuera de tiempo, y de ahí les viene ese daño; pero, así y todo, están en muy buen estado, no hay más que impregnarlas con pez. Esto no lo ha trabajado un obrero extranjero, de esos que no comen más que gachas, ¿no ves el ensamblaje de las puertas?

TE.— Sí, sí.

TR.— Fíjate qué juntitas duermen.

TE.— ¿Que duermen?

TR.— Quiero decir que qué bien entrelazadas están. ¿Qué, estás contento?

TE.— Mientras más lo miro, más me gusta.

TR.— ¿No ves ahí esa pintura que representa una corneja que está tomando el pelo a dos buitres?

TE.— No veo nada.

TR.— Pero yo sí; la corneja está entre los dos buitres y los despluma a picotazos al uno y al otro. Mira para acá hacia mí, para que puedes ver la corneja: ¿lo ves ahora?

TE.— Desde luego, yo no veo ahí ninguna corneja.

TR.— Entonces mira allí hacia vuestra parte, a ver si ya que no puedes ver la corneja, ves por lo menos los buitres.

TE.— Yo, la verdad, para acabar ya con este asunto, no veo absolutamente ningún pájaro pintado aquí.

TR.— Bueno, nada, dejémoslo, está bien; es ya por la edad, claro, por lo que no puedes verlo.

TE.— Lo que puedo ver, eso, desde luego, me gusta una barbaridad.

SI.— Pues verás, merece la pena seguir adelante.

TE.— Sí que tienes razón, vamos.

SI.— (*A un esclavo*). ¡Eh, muchacho!, enséñales aquí la casa y las habitaciones. Yo mismo lo haría si no fuera porque tengo que hacer en el foro.

TE.— Quita, déjame de guías, no tengo interés en dejarme llevar por nadie: prefiero, en todo caso, perderme yo que no que me pierda nadie llevándome a donde sea.

SI.— Yo me refiero aquí a la casa.

TE.— Bueno, yo entro sin guía.

SI.— Bien, pasa.

TE,— Entro, pues.

TR.— Espera mejor que vea, no sea que el perro...

TE.— Venga, mira a ver.

TR.— ¡Chsst, hale chucho! ¡Chsst! Vete ya, maldito, al diablo contigo. ¿Pero no te mueves? ¡Chst, largo de aquí!

SI.— No hace nada, venga; es tan mansa como si trajera cría; podéis pasar con toda tranquilidad. Yo me marcho al foro.

TE.— Muy amable, que te vaya bien. Tranión, venga, a ver si se llevan al perro ese de la puerta, aunque no haga nada.

TR.— Pero ¿no estás viendo lo tranquila que está ahí echada? A no ser que quieras pasar por un cargante y un miedoso.

TE.— Bueno, como quieras; ven conmigo, pues.

TR.— Deja, que yo te iré pisando los talones.

ACTO IV

ESCENA PRIMERA

FANISCO

(*que viene a buscar a Calidámates*)

FA.— Los esclavos que aun sin hacer nada malo temen el castigo, esos son de provecho para sus amos; porque los que no tienen ningún miedo, cuando les llega el caso de haberse hecho acreedores a una reprimenda, no se les ocurren más que disparates, echan a correr, se escapan; pero si los cogen, entonces resulta que se encuentran con un peculio de males a falta de podérselo agenciar de bienes y lo aumentan poco a poco hasta encontrarse en posesión de como si dijéramos un tesoro. Yo, por mi parte, estoy decidido a evitar el castigo antes que exponer mis costillas a los palos; yo quiero conservar mi pellejo limpio como hasta ahora y no permitir que me apaleen. Si sé mantenerme a raya, tendré mi pellejo bien a cubierto de que me lluevan los castigos que les llueven a los demás. Desde luego, los esclavos tienen en su mano la conducta de sus amos: si son buenos, el amo también lo es; sin son malos, malo te resulta el amo. Cuántos esclavos no hay en nuestra casa de la peor catadura, que despilfarran su peculio y están todos llenos de cardenales. Cuando se les llama para que salgan a buscar al amo, te dicen: «No quiero, déjame en paz; ya sé a qué vienen esas prisas, es que estás tú deseando ir a donde sea, ja, mulo, lo que quieres es salir al pasto». Esta es la recompensa que he recibido de mis colegas por portarme como es debido. Pero, así y todo, me he echado a la calle y soy el único de entre muchos esclavos que vengo a buscar al amo. Mañana, cuando el amo se dé cuenta ya temprano los castigará a golpe de despojos taurinos; a fin de cuentas, sus costillas no me interesan tanto como las mías.

Verás cómo ellos van a resultar matadores de toros mientras que yo no tendré ni pizca que ver con el oficio de cordelero.

ESCENA SEGUNDA
PINACIO, FANISCO

PI.— ¡Espera, Fanisco, alto ahí! Mira para acá, hombre.

FA.— ¡Déjame en paz!

PI.— ¡Mira qué forma de engreírse, el mono este! ¡Quieto ahí, gorrón cochino!

FA.— ¿Por qué soy yo un gorrón?

PI.— Yo te lo diré: dándote de comer, se puede hacer de ti lo que se quiera.

FA.— Eso es cosa mía; me gusta comer, ¿qué te importa a ti eso?

PI.— Te pones tan arrogante porque el amo siente predilección por ti.

FA.— ¡Ay, que me duelen los ojos!

PI.— ¿Por qué?

FA.— Por la fumarada de pamplinas que estás diciendo.

PI.— Calla, fabricante de falsa moneda.

FA.— Te juro que no vas a conseguir que te diga malas palabras. Yo soy bien conocido del amo.

PI.— Pues no iba a ser de otra manera, sirviéndole de colchoneta.

FA.— Si no estuvieras bebido, no dirías esas barbaridades.

PI.— ¿Es que te crees que me voy a andar con contemplaciones contigo cuando tú no las tienes conmigo? Hale, bandido, ven conmigo a buscar al amo.

FA.— Y ahora, por favor, ni una palabra más sobre este asunto.

PI.— Vale; voy a llamar a la puerta. ¿Eh, no hay nadie que salga a impedir mayores daños a estas puertas?¿No sale nadie a abrir? Nada, que no sale un alma; son de verdad lo que se dice unos verdaderos truhanes. Pero razón de más para andarse con vista, no sea que vaya a salir alguien que me muela a palos.

ESCENA TERCERA

TEOPRÓPIDES, TRANIÓN

(Saliendo de casa de Simón)

TR.— ¿Qué te ha parecido la compra?

TE.— Estoy loco de contento.

TR.— ¿A que ahora ya no te parece cara?

TE.— Te juro que en mi vida he visto una casa más barata que esta.

TR.— Entonces ¿te gusta?

TE.— ¿Que si me gusta dices? ¡Me encanta!

TR.— ¿Qué te ha parecido el departamento de las mujeres? ¿Y el pórtico?

TE.— El pórtico es de locura. No creo que haya entre los pórticos públicos otro más grande que este.

TR.— No, si es que Filólaques y yo los hemos medido todos.

TE.— ¿Y a qué conclusión habéis llegado?

TR.— Este es con mucho el más largo de todos.

TE.— ¡Dioses inmortales, qué compra tan fantástica! Te juro que si me dieran en mano seis talentos magnos de plata por ella, no los aceptaría.

TR.— No, si es que, aunque quisieras cogerlos, yo no lo permitiría jamás.

TE.— Desde luego en una compra así, está nuestro dinero bien colocado.

TR.— Pues puedes estar seguro de que se debe a mi consejo y a mi empeño, que empujé a tu hijo a que cogiera a réditos del banquero el dinero que dimos de entrada.

TE.— Has pilotado el barco pero que de maravilla. Entonces se le deben a Simón todavía ochenta minas, ¿no?

TR.— Ni un céntimo más.

TE.— Hoy mismo las tendrá en mano.

TR.— Eso es muy acertado, no sea que vaya a surgir algún contratiempo; si quieres, me lo das a mí y yo luego se lo entrego a él.

TE.— Pero a ver si voy a caer en alguna trampa, si te lo entrego a ti.

TR.— Pero ¿iba yo a atreverme ni por broma a engañarte ni de palabra ni de obra?

TE.— ¿Iba yo a atreverme a no andar contigo con pies de plomo para confiarte algo?

TR.— ¿Es que te he engañado yo jamás desde que te pertenezco?

TE.— Pero porque he tomado las debidas precauciones, gracias a los dioses y a mí mismo. No tengo un pelo de tonto al andarme con cuidado contigo.

TR.— Soy de la misma opinión.

TE.— Ahora ve a la finca y dile a mi hijo que estoy aquí.

TR.— A la orden.

TE.— Dile que venga a prisa y a la carrera a la ciudad junto contigo.

TR.— Vale. (*Aparte*). Ahora me voy por la puerta falsa a reunirme con mis compinches para darles cuenta de que aquí reina la calma y la forma en que me he sacudido al viejo.

ESCENA CUARTA

FANISCO, TEOPRÓPIDES, PINACIO

FA.— Yo, desde luego, no oigo aquí el jaleo de los convidados como de costumbre, ni a la flautista tocando, ni a ninguna otra persona.

TE.— ¿Qué es eso?, ¿qué es lo que buscan esos individuos ahí delante de mi casa?, ¿qué es lo que quieren?, ¿por qué andan observando para dentro?

FA.— Seguiré llamando: ¡eh, tú, Tranión, abre!, ¿acabas o no acabas de abrir?

TE.— ¿Qué historia es esta?

FA.— ¡Venga, abre ya! Venimos a buscar a nuestro amo Calidámates.

TE.— ¡Eh, vosotros, muchachos!, ¿qué es lo que hacéis ahí?, ¿qué forma es esa de echar abajo la casa?

PI.— Oye, abuelo, ¿qué tienes tú que meterte en lo que no te importa?

TE.— ¿Que no me importa?

PI.— Como no sea que te hayan dado un nuevo cargo de prefecto con el fin de administrar los asuntos ajenos, indagarlos, observarlos y estar a la escucha de ellos.

TE.— Esa casa delante de la que estáis no me es ajena.

PI.— ¿Qué?, ¿es que ha vendido ya Filólaques su casa? Seguro que es que el viejo este pretende engañarnos.

TE.— Es verdad lo que digo: pero ¿qué es lo que queréis aquí?

FA.— Yo te lo diré: nuestro amo está ahí tomando unas copas.

TE.— ¿Que vuestro amo está ahí tomando unas copas?

FA.— Exacto.

TE.— Joven, tú me resultas demasiado chistoso.

PI.— Y venimos a buscarle.

TE.— ¿A quién?

PI.— A nuestro amo; por favor, ¿cuántas veces te lo voy a decir?

TE.— Joven, aquí no vive nadie; te hago el favor de avisártelo, porque te tengo por un buen chico.

FA.— Pero ¿no vive aquí en esta casa el joven Filólaques?

TE.— Sí, vivía, pero ya hace tiempo que la ha abandonado.

FA.— A este viejo le hace falta elé-
boro23. Abuelo, te equivocas de parte a
parte, porque como no sea que se haya
mudado hoy o ayer, sé cierto que vive
aquí.

TE.— Pero si es que hace ya seis
meses que no vive aquí nadie.

PI.— Estás soñando.

TE.— ¿Yo?

PI.— Sí, tú.

TE.— Verdaderamente que te pones
cargante; deja, voy a hablar aquí con el
chico (a *Fanisco*): aquí no vive nadie.

FA.— Que sí vive, porque ayer y antes de ayer y hace tres días y cuatro y cin-
co, o sea, sin parar después de que el padre se marchara fuera, no han transcurri-
do tres días sin que se anduviera aquí de
francachela.

FA.— ¿Qué dices?

FA.— Que no se han pasado jamás tres días en blanco sin que se dejara de comer, de beber, de traerse fulanas, de pegarse la vida padre, de contratar citaristas y flautistas.

TE.— ¿Y quién es el que hacía todo eso que cuentas?

FA.— Filólaques.

TE.— ¿Qué Filólaques?

FA.— El hijo de Teoprópides, según tengo entendido.

TE.— (A *parte*). ¡Ay de mí, muerto soy, si es verdad lo que dice este! Seguiré interrogándolos:¿dices que ese Filólaques, sea quien sea, solía andar aquí de copeo con vuestro amo?

FA.— Sí, así es, digo.

TE.— Chico, eres más tonto de lo que pareces: mira no sea que te hayas metido en donde sea para tomarte algo y hayas bebido allí un poquillo más de la cuenta.

FA.— ¿Qué es lo que dices?

TE.— Que no sea que hayas venido equivocadamente a otra casa.

FA.— Yo sé a dónde tengo que ir y me conozco muy bien el sitio al que he venido: aquí vive Filólaques, el de Teoprópides, que después que su padre se marchó en viaje de negocios ha comprado y dado la libertad a una flautista.

TE.— O sea que Filólaques...

FA.— Sí, a una cierta Filematio.

TE.— ¿Por cuánto?

FA.— Por treinta...

TE.— ¿Talentos?

FA.— No, por Apolo, por treinta minas.

TE.— ¿Que le ha dado la libertad?

FA.— Sí, tal como suena, por treinta minas.

TE.— ¿Dices que Filólaques ha comprado a su amiga por treinta minas?

FA.— Sí, señor.

TE.— ¿Y qué le ha dado la libertad?

FA.— Sí, señor.

TE.— ¿Y que, después que se marchó su padre, no ha hecho más que beber en compañía de tu amo?

FA.— Sí, señor.

TE.— ¿Y es verdad que ha comprado la casa de al lado?

FA.— No, señor.

TE.— ¿Y que ha entregado al dueño cuarenta minas de señal?

FA.— No, señor.

TE.— Ay, me pierdes.

FA.— Él es quien ha perdido a su padre.

TE.— ¿Estás cantando la pura verdad?

FA.— ¡Qué más quisiera yo que fuera mentira!; seguro que es que tú eres amigo de su padre.

TE.— ¡Ay, que no es un desgraciado ese padre que dices!

FA.— Pues anda, treinta minas: eso no es nada en comparación de los otros despilfarros que hace.

TE.— Ha arruinado a su padre.

FA.— Pues hay ahí un esclavo, Tranión, que es verdaderamente un maldito; ese es capaz de acabar hasta con las ganancias del mismo Hércules. A mí, desde luego, me da una lástima enorme de su padre, que, cuando se entere el pobre de todo lo que ha ocurrido aquí, se le va a consumir el corazón de pena.

TE.— Si es que es verdad lo que dices.

FA.— ¿Y qué iba a sacar yo con contar mentiras?

PI.— (*Llamando a la puerta*). ¡Eh, vosotros!, ¿no sale nadie a abrir la puerta?

FA.— ¿Para qué llamas, si no hay nadie dentro? Yo creo que se han ido de juerga a otro sitio. Vámonos ya...

TE.— Oye, tú, chico... y vamos a seguir buscándole. (*A Pinacio*). Ven conmigo.

PI.— Voy.

TE.— Chico, ¿te vas?

FA.— Tú tienes la libertad como abrigo para proteger tus espaldas; yo, aparte del temor de mi amo y del celo por servirle, no tengo con qué cubrir las mías. (*Se va con Pinacio*).

ESCENA QUINTA
TEOPRÓPIDES, SIMÓN

TE.— ¡Ay de mí, estoy perdido! Las palabras sobran; según lo que oigo, el barco no sólo me ha llevado de aquí a Egipto, sino que me hace el efecto como si me hubiera hecho también ir dando vueltas y revueltas por regiones desiertas y tierras lejanas, porque realmente es que no sé dónde me encuentro. Pero ya me enteraré, porque ahí veo al dueño de la casa que ha comprado mi hijo. ¿Qué te cuentas, Simón?

SI.— Vuelvo a casa del foro.

TE.— Y qué, ¿hay por allí alguna novedad?

SI.— Sí.

TE.— ¿El qué, pues?

SI.— He visto un muerto que llevaban a enterrar.

TE.— Hm, ¡qué novedad!

SI.— Sí, señor, he visto sacar a enterrar a un muerto y decían que hacía nada que estaba todavía vivo.

TE.— ¡Ay de ti!

SI.— ¿No tienes otra cosa que hacer más que interesarte por las últimas novedades?

TE.— Es que he regresado hoy de mi viaje.

SI.— Yo tengo ya un compromiso, no vayas a pensar que puedo invitarte a cenar.

TE.— Hombre, tampoco lo pretendo.

SI.— Pero mañana, si es que no me ha invitado nadie antes, si quieres, voy a cenar a tu casa.

TE.— Caramba, tampoco es eso lo que pretendo. Pero atiéndeme ahora, si no tienes otra cosa más urgente.

SI.— Soy todo oídos.

TE.— Filólaques te ha entregado cuarenta minas, que yo sepa.

SI.— Ni un céntimo, que sepa yo.

TE.— Entonces, mi esclavo Tranión.

SI.— Mucho menos todavía.

TE.— Que te las dio como señal.

SI.— Tú estás soñando.

TE.— ¿Yo?, serás tú, que te crees que con esos disimulos puedes deshacer el trato.

SI.— ¿Pero qué trato?

TE.— El que has cerrado con mi hijo durante mi ausencia.

SI.— ¿Que él ha cerrado un trato conmigo durante tu ausencia?, ¿qué clase de trato o en qué fecha?

TE.— Yo te debo ochenta minas.

SI.— Caramba, a mí desde luego que no. Pero si tú lo dices, venga; hay que estar a lo prometido, no vayas a querer negarlo ahora.

TE.— Desde luego que no lo negaré y estoy dispuesto a dártelas; pero tampoco debes tú negar que has recibido ya cuarenta.

SI.— Teoprópides, por favor, mírame a la cara y contesta.

TE.— Yo te lo diré; eso es lo que te debe por la casa que te ha comprado.

SI.— ¿Que él ha comprado mi casa? Decía que ibas a casar a tu hijo y que por eso querías hacer obra en tu casa.

TE.— ¿Que yo quería hacer obra en mi casa?

SI.— Así me lo dijo él.

TE.— ¡Ay de mí, muerto soy! Me falla la voz, vecino, estoy perdido, muerto soy.

SI.— ¿Es que ha armado Tranión quizá algún lío?

TE.— Alguno, no, sino que lo ha liado todo; se ha burlado hoy de mí de la forma más villana.

SI.— Pero ¿qué es lo que dices?

TE.— Lo que oyes; se ha estado burlando de mí todo el tiempo sin parar. Ahora te ruego que me prestes tu apoyo y tu ayuda.

SI.— ¿Qué es lo que quieres?

TE.— Ven conmigo, por favor.

SI.— Vale.

TE.— Y dame látigos y esclavos que me ayuden.

SI.— A tu disposición los tienes.

TE.— Yo te contaré de paso la forma en que me ha tomado el pelo. (*Entran en casa de Simón*).

ACTO V

ESCENA PRIMERA

TRANIÓN, TEOPRÓPIDES

TR.— Quien se echa a temblar cuando las cosas se ponen feas, no vale ni un bledo..., aunque, a decir verdad, no sé qué diablos significa eso de un bledo. O sea que, después de que el amo me mandara a la finca a buscar a su hijo, me fui por ahí por la calleja esa a nuestro jardín a escondidillas; allí, la puerta falsa, que da a la calle por el jardín, la abrí y dejé salir a la legión en pleno, a ellos y a ellas. Una vez que saqué del asedio a mis soldados y los llevé a puerto seguro, tomo la resolución de convocar asamblea general de todos mis compinches. Nada más convocada, van los otros y me expulsan de la asamblea. Al verme vendido en mis propios dominios, lo más rápido posible hago lo que hacen otros muchos cuando la cosa se pone fea, seguir armando tramoya para que no se aclare la situación, porque yo me sé muy bien que no es posible ya de ninguna forma que el viejo no esté al tanto de todo. Yo tomaré mis posiciones y me adelantaré y concluiré un pacto. Estoy perdiendo el tiempo. Anda, suena la puerta de la casa del vecino. Ahí está el amo; voy a saborear sus palabras. (*Se retira para que no lo vean*).

TE.— (*A los esclavos de Simón*). Estaos ahí dentro a la puerta, para que en cuanto os llame, os lancéis fuera sin pérdida de tiempo; le ponéis en seguida las esposas. Yo esperaré aquí ante la casa a mi burlador, y si los dioses me dan vida, le voy a burlar el pellejo a base de bien.

TR.— Todo está descubierto. Ahora, Tranión, lo mejor es mirar bien qué es lo que haces.

TE.— Necesito pericia y sagacidad para tomármelas con él cuando aparezca por aquí. No le enseñaré en seguida el anzuelo, sino que iré dando cuerda poco a poco; haré como si no supiera nada de nada.

TR.— (*Aparte*). ¡Ay, qué tipo más malo! Nadie sabe más que él en toda Atenas; tanto trabajo cuesta tomarle el pelo a él como a un adoquín. Voy a abordarle y a hablarle.

TE.— Estoy deseando que aparezca por aquí.

TR.— Si es que me buscas a mí, aquí me tienes frente por frente.

TE.— ¡Estupendo, Tranión!, ¿qué hay?

TR.— Nuestros campesinos vienen ya de camino del campo; Filólaques estará aquí de un momento a otro.

TE.— Caray, que me vienes a punto: este vecino nuestro me parece que es un fresco y una mala persona.

TR.— ¿Por qué, pues?

TE.— Porque afirma que no sabe nada de vosotros...

TR.— ¿Que lo afirma?

TE.— ...y que vosotros no le habéis entregado jamás un céntimo.

TR.— Anda, vete ya, te estás burlando de mí, no creo bien que diga eso.

TE.— ¿Por qué?

TR.— Sí, sí, lo estás diciendo de broma, seguro que no ha dicho eso.

TE.— Sí, señor, que lo dice, y también que él no ha vendido su casa a Filólaques.

TR.— Huy, por favor, ¿entonces ha negado también que se le ha entregado ya una cantidad de dinero?

TE.— Sí, señor, y además me ha ofrecido jurármelo si yo quería: que ni ha vendido la casa ni se le ha entregado dinero ninguno.

TR.— ¿Qué? No me lo creo.

TE.— Eso mismo le he dicho yo a él.

TR.— ¿Y qué ha contestado?

TE.— Me ha prometido poner a mi disposición todos sus esclavos para un interrogatorio.

TR.— ¡Tonterías! Te aseguro que no lo hace.

TE.— Sí que lo hace.

TR.— Voy a ver si le encuentro en casa.

TE.— Espera, voy a ponerle a prueba, creo.

TR.— Nada de «creo», sino hazlo de todas todas: ponme aquí al individuo ese.

TE.— ¿No es mejor que haga salir ya aquí a los esclavos?

TR.— Eso debías haberlo hecho ya; o hazle un proceso en reivindicación de la propiedad.

TE.— No, primero quiero someter a los esclavos a un interrogatorio.

TR.— Eso me parece estupendo. Yo, entre tanto, me coloco aquí en el altar.

TE.— ¿Y eso a qué fin?

TR.— No tienes ni idea: para que no puedan refugiarse aquí los esclavos que vas a someter a interrogatorio; yo te haré aquí el oficio de presidente, para que no se quede todo el interrogatorio en agua de borrajas.

TE.— Levántate de ahí.

TR.— Ni hablar.

TE.— Deja libre el altar, yo te lo ruego.

TR.— ¿Por qué?

TE.— Ya lo verás. Porque precisamente lo que quiero es que se acojan ahí los esclavos. Deja, tanto más fácilmente será condenado así en justicia al pago de daños y perjuicios.

TR.— Tú a lo tuyo: ¿para qué quieres aumentarte las dificultades?, ¿es que no sabes qué cosa tan espantosa es meterse en procesos?

TE.— Levántate, pues, y ven aquí, que quiero consultarte una cosa.

TR.— Desde aquí te puedo dar también mi parecer: sentado puedo discurrir mucho mejor; además que las respuestas que se reciben en lugares sagrados tienen mucho más peso.

TE.— Levántate, déjate de tonterías. Mírame a la cara.

TR.— Ya está.

TE.— (*Fingiendo un gesto de bondad*). ¿Ves, tú?

TR.— Sí que veo. Anda, que un tercero que hubiera aquí entre tú y yo se moriría de hambre.

TE.— ¿Y eso por qué?

TR.— Porque no tendría ganancia ninguna que sacar. Caray, que somos los dos malos a fondo.

TE.— ¡Muerto soy!

TR.— ¿Qué es lo que te pasa?

TE.— Me has engañado.

TR.— ¿Pero cómo?

TE.— Me has tomado por un moco-so.

TR.— Fíjate a ver si con razón: ¿no se te caen los mocos?

TE.— No sólo los mocos, sino también los sesos me has hecho saltar de la cabeza. Demonio, que me he enterado de todas vuestras fechorías de raíz y de *archirraíz.*

TR.— Te juro que jamás...

TE.— Ahora mismo voy a hacer ponerte sarmientos todo alrededor y a prenderles fuego, canalla.

TR.— No hagas una cosa así, que cocido tengo mejor gusto que asado.

TE.— Te juro que me vas a servir de escarmiento y de ejemplo.

TR.— ¿Tan contento estás conmigo que quieres tomarme de ejemplo?

TE.— Dime: ¿qué clase de persona era mi hijo cuando salí de aquí para mi viaje?

TR.— Pues tenía sus pies, sus manos, dedos, orejas, ojos y labios.

TE.— Es otra cosa lo que te pregunto.

TR.— Y otra cosa es lo que yo te contesto. Pero mira, ahí viene el amigo de tu hijo, Calidámates: vamos a zanjar la cuestión en su presencia, si es que tienes algún requerimiento quehacer.

ESCENA SEGUNDA
CALIDÁMATES, TEOPRÓPIDES, TRANIÓN

CA.— (*Al público*). Después de que sumido en profundo sueño dormí la mona, me dijo Filólaques que su padre había regresado de su viaje, así como la forma en que su esclavo le había tomado el pelo al llegar. Dice que tiene miedo de aparecer ante su padre, así que me ha escogido a mí de entre sus camaradas como embajador para obtener la paz de él. Pero ¡qué oportunidad, ahí lo veo! Bienvenido, Teoprópides, me alegro de que hayas vuelto bien de tu viaje. Quedas invitado a cenar hoy con nosotros, espero que aceptes.

TE.— Los dioses te guarden, Calidámates. En cuanto a la cena, no, gracias.

CA.— ¿Por qué no?

TR.— Acepta, yo iré en lugar tuyo si es que tú no tienes gana.

TE.— ¿Más burlas todavía, bribón?

TR.— ¿Porque digo que voy a la cena en lugar tuyo?

TE.— No irás; al patíbulo vas a ir, yo te lo aseguro, tal como te lo has merecido.

CA.— Déjate de eso. Ven a cenar a casa.

TR.— Di que sí, ¿por qué te quedas callado?

CA.— (*A Tranión*). Pero tú ¿por qué te has refugiado en el altar?

TR.— El viejo este imbécil que me tiene acobardado desde que ha venido. (*A Teoprópides*). Di ahora qué es lo que he hecho; ahora está presente quien puede hacer de árbitro entre los dos, venga, expón tus puntos de vista.

TE.— Yo afirmo que has corrompido a mi hijo.

TR.— Escúchame un momento: yo confieso que ha hecho mal, que en tu ausencia ha comprado a su amiga y le ha dado la libertad, que ha cogido dinero a rédito y que, te lo digo por las claras, el dinero ha desaparecido; y qué, ¿ha hecho otra cosa que lo que acostumbran a hacer los hijos de las mejores familias?

TE.— Verdaderamente, tengo que andarme con cuidado contigo, eres un abogado demasiado hábil.

CA.— (*A Teoprópides*). Déjame a mí ser juez en este asunto. (*A Tranión*). Levántate, que me siente yo ahí.

TE.— Estupendo, toma la querella esta en tus manos.

TR.— Eso es una trampa. (*A Calidámates*). Arréglatelas para que yo no tenga que temer por mí y para hacerte tú entonces responsable de mis temores.

TE. _ Todo lo demás no tiene importancia en comparación con la forma en que me ha tomado el pelo.

TR.— Me alegro, bien hecho que está; gentes de tu edad con la cabeza llena de canas deben detener un poco más de vista.

TE.— ¿Qué hago ahora?

TR.— Pues mira, si eres amigo de Dífilo o de Filemón, cuéntales cómo se ha burlado de ti tu esclavo: les proporcionarás unas supercherías de primera para sus comedias.

CA.— Calla un poco, déjame hablar también a mí. (*A Teoprópides*). Escucha.

TE.— Vale.

CA.— En primer lugar, tú sabes que yo soy amigo de tu hijo; é no ha venido a mí porque se avergüenza de aparecer ante tu presencia por haber hecho las cosas que sabe que tú sabes.

Yo te ruego ahora que disculpes su poca cabeza y su juventud: tuyo es; tú sabes que en esa edad se suele jugar a tales juegos. Todo lo que hizo lo ha hecho junto con nosotros: nosotros somos los culpables. Los intereses, el capital y todos los otros gastos hechos para la compra de su amiga, todo lo devolveremos de lo nuestro, no de lo tuyo.

TE.— Calidámates, no hubiera podido venir a mí otro abogado más eficaz que tú; ceso ya en mi enojo contra él; más aún, también estando yo aquí puede seguir amando, bebiendo y haciendo lo que le plazca; si es que se avergüenza de sus despilfarros, me doy por satisfecho.

CA.— Tiene una vergüenza espantosa.

TR.— Y, después de ese perdón, ¿qué va a ser de mí?

TE.— Tú serás colgado y azotado.

TR.— ¿A pesar de que tambIén me avergüence?

TE.— Te juro que te he de matar, si los dioses me dan vida.

CA.— Teoprópides, tu perdón debe ser completo; yo te ruego que perdones a Tranión su culpa, hazlo por mí.

TE.— Cualquier otra cosa sufriré mejor concederte que no renunciar a hacer perecer a este por todas sus maldades.

CA.— Perdónale, yo te lo ruego.

TE.— ¿No ves lo fachendoso que se pone el muy bribón?

CA.— Modérate, Tranión, si tienes cabeza.

TE.— (*A Calidámates*). Modérate tú con tus recomendaciones; ya le obligaré yo a moderarse a fuerza de palos.

TR.— No veo la necesidad de eso.

CA.— Venga ya, déjate ablandar.

TE.— No me supliques más.

CA.— Por favor, yo te lo ruego.

TE.— No me supliques, te digo.

CA.— No consigues nada con tus prohibiciones; esta falta, esta sola falta, yo te lo ruego, hazlo por mí.

TR.— ¿Por qué te resistes tanto? Como si no fuera mañana mismo a volver a las andadas; entonces tienes la posibilidad de castigarme bien castigado por lo de hoy y por lo de mañana.

CA.— Atiende mis súplicas.

TE.— Hale, vete, vete, te hago gracia. A este se lo debes. Distinguido público, la comedia ha terminado; ¡un aplauso!

FIN

Actor romano

Plinio el joven

Introducción sobre las tres cartas

Plinio dirige una carta a Licinio Sura con el objetivo de conocer su opinión sobre la existencia de los fantasmas. Además, aprovecha para contarle algunas historias que justifican su creencia en lo sobrenatural y en los tan temidos espectros o lémures. Los siguiente relatos forman parte de este corpus tan peculiar.

ATHENODORUS CONFRONTS THE SPECTRE.

Tres historias de fantasmas

(Cartas)

Plinio el Joven

Hacia el año 107

Plinio el joven

El fantasma de la casa de Atenas

Había en Atenas una casa grande y espaciosa, pero de mala fama y peligrosa para vivir en ella. En medio del silencio de la noche se oía el sonido del hierro y, si escuchabas más atentamente, el ruido de cadenas, primero lejos, luego más cerca; después aparecía un espectro, un anciano extenuado por la delgadez y la suciedad, con una larga barba y cabellos hirsutos, que llevaba grilletes en las piernas y cadenas en las manos, que movía al caminar. Por ello los ocupantes pasaban en vela a causa del miedo unas noches terribles y siniestras; la falta de sueño conducía a la enfermedad y, al crecer el miedo, a la muerte, pues, incluso durante el día, aunque el espectro se había marchado, su imagen permanecía clavada en sus pupilas y el temor permanecía más tiempo que las causas de ese temor. Por ello la casa quedó desierta, condenada a la soledad y abandonada por entero al espectro; sin embargo fue puesta en venta, por si alguien que no tuviese conocimiento de tal maldición quisiese comprarla o alquilarla. Llegó a Atenas el filósofo Atenodoro, leyó el anuncio y, cuando escuchó el precio, como la baja cantidad le parecía sospechosa, pregunta y se entera de toda la verdad, pero a pesar de ello, mejor diría, precisamente por ello, alquila la casa. Cuando empezó a oscurecer, ordena que le sea preparado un lecho en la parte delantera de la casa, pide unas tablillas, un estilete y una lámpara, y envía a sus sirvientes al fondo de la casa; él mismo se concentra por completo —mente, ojos y manos, en escribir—, para que su mente, al no estar desocupada, no oyese falsos ruidos, ni se inventase vanos temores. Al principio, como siempre, el silencio de la noche; después, los golpes sobre hierro y el arrastrar de cadenas. Él ni levantaba los ojos, ni dejaba de escribir, sino que se concentraba aún más en el trabajo y en mantener sus oídos sordos. Entonces, el estruendo continuaba creciendo, se aproximaba y se oía como si ya estuviese en el umbral, como si ya estuviese dentro de la habitación. Levanta la vista, mira y reconoce el espectro que le habían descrito.

Allí estaba de pie y hacía señas con un dedo como si le llamase. Atenodoro, por su parte, le hace señas con la mano de que espere un poco y de nuevo se inclina sobre las tablillas y el estilete; el espectro mientras tanto hacia resonar sus cadenas por encima de la cabeza mientras escribía. De nuevo levantó la vista y vio que el espectro hacia el mismo signo que antes; no se detiene más tiempo, coge la lámpara y le sigue. Caminaba con paso lento, como si le pesasen las cadenas. Después que salió al patio de la casa, desvaneciéndose repentinamente abandonó a su acompañante. Una vez solo, este arranca unas hierbas y hojas y las coloca en el lugar como una señal. Al día siguiente se dirige a los magistrados y les pide que ordenen realizar una excavación en aquel lugar. Se encontraron unos huesos, incrustados y mezclados con las cadenas, que el cuerpo putrefacto por la acción del tiempo y la humedad de la tierra había dejado desnudos y consumidos por los grilletes; los huesos fueron recogidos y se les dio una sepultura pública. En lo sucesivo, la casa se vio libre de los Manes, debidamente sepultados.

FIN

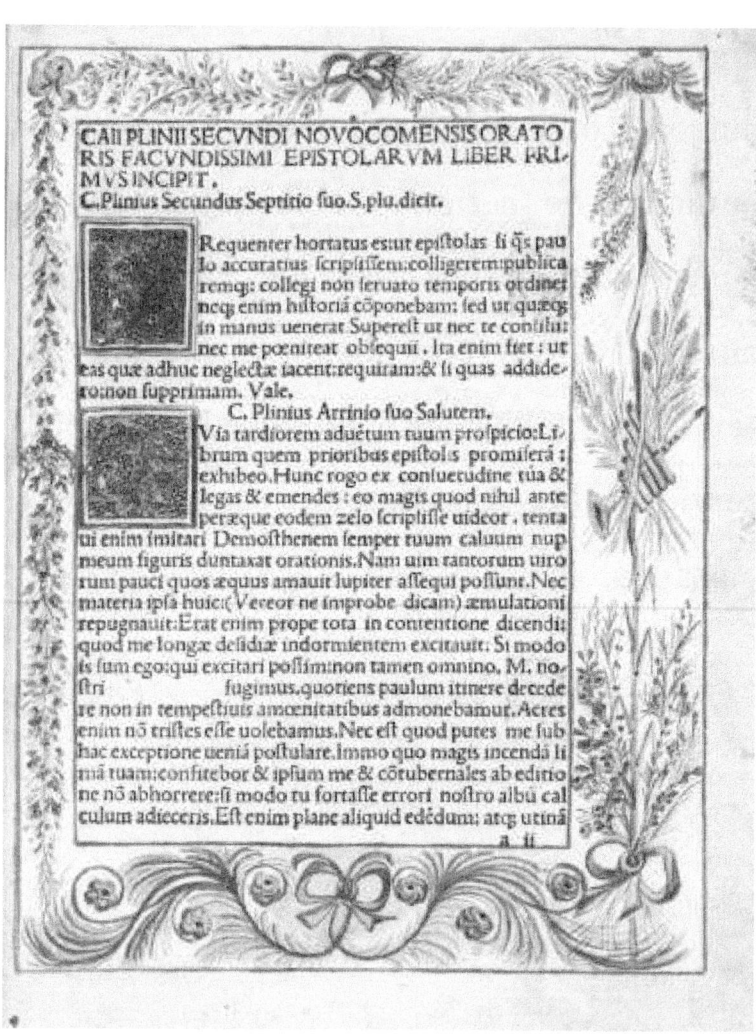

CAII PLINII SECVNDI NOVOCOMENSIS ORATO
RIS FACVNDISSIMI EPISTOLARVM LIBER PRI
MVS INCIPIT.
C. Plinius Secundus Septitio suo. S. plu. dicit.

Requenter hortatus es:ut epistolas si qs pau
lo accuratius scripsissem:colligerem:publica
remqi: collegi non seruato temporis ordine:
neqi enim historiá cóponebam: sed ut quæq;
in manus uenerat.Superest ut nec te consili:
nec me poeniteat obsequii. Ita enim fiet : ut
eas quæ adhuc neglectæ iacent:requiram:& si quas addide-
ro:non supprimam. Vale.

C. Plinius Arrinio suo Salutem.
Via tardiorem aduétum tuum prospicio:Li-
brum quem prioribus epistolis promiserá :
exhibeo.Hunc rogo ex consuetudine túa &
legas & emendes : eo magis quod nihil ante
peræque eodem zelo scripsisse uideot . tenta
ui enim imitari Demosthenem semper tuum caluum nup
meum figuris duntaxat orationis.Nam uim tantorum uiro
rum pauci quos æquus amauit Iupiter assequi possunt.Nec
materia ipsa huic(Vereor ne improbe dicam) æmulationi
repugnauit:Erat enim prope tota in contentione dicendi:
quod me longæ desidiæ indormientem excitauit: Si modo
is sum ego:qui excitari possim:non tamen omnino, M. no-
stri   fugimus.quotiens paulum itinere decede
re non in tempestiuis amoenitatibus admonebamur.Acres
enim nõ tristes esse uolebamus.Nec est quod putes me sub
hac exceptione ueniá postulare.immo quo magis incendá li
má tuam:confitebor & ipsum me & cótubernales ab editio
ne nõ abhorrere:si modo tu fortasse errori nostro albú cal
culum adieceris.Est enim plane aliquid edédum: atq; utiná

a ii

Ejemplar incunable de las cartas

Tomaso y Jacobo Rodari: Plinio el joven (siglo XV)

El presente descanso del trabajo que estamos disfrutando te permite el placer a dar, y a mí a recibir, instrucción. Por tanto estoy extremadamente deseoso de saber si crees en la existencia de fantasmas, y que tienen una forma real, y son un tipo de divinidades o solo las impresiones visionarias de una imaginación aterrorizada.

Lo que me inclina particularmente a creer en su existencia es la historia que he oído de Curcio Rufo. Cuando él estaba en malas circunstancias y era desconocido en el mundo, acompañó al gobernador de África en esa provincia. Una noche, mientras caminaba en el pórtico público, se le apareció ante él la figura de una mujer, de tamaño inusual y de belleza sobrehumana. Y mientras él permanecía allí, aterrorizado y sorprendido, ella le contó que era el poder tutelar que presidía sobre África, y había ido a informarle de los futuros sucesos de su vida: que debía volver a Roma, a disfrutar allí de sus altos honores y volver a la provincia investido con la dignidad proconsular, y allí debería morir. Realmente sucedió cada circunstancia de la predicción. Se ha llegado incluso a decir que en su llegada a Cartago, mientras desembarcaba, el mismo personaje se encontró con él en la costa. Es cierto, al menos, que habiendo sido presa de la enfermedad, aunque no hubo síntomas en su caso que le llevaran a la desesperación, perdió instantáneamente toda esperanza de recuperación; juzgando, aparentemente, la veracidad de la parte futura de la predicción por aquella ya cumplida, y de la desgracia inminente de su antigua prosperidad.

Plinio el Joven

Carta a Licinio Sura, sobre la tonsura de los esclavos

Plinio el Joven

Creo esta historia basándome en el crédito de otros; lo que voy a mencionar, te lo doy por mi cuenta. Tengo un liberto llamado Marco, que no es para nada analfabeto. Una noche, mientras estaba acostado con su hermano menor, le pareció ver a alguien sobre su cama, quien tomó unas tijeras y cortó los pelos de la parte superior de su propia cabeza y, por la mañana, parecía que su pelo había sido realmente cortado, y los pelos se encontraban esparcidos por el suelo. Poco tiempo después, un suceso de naturaleza similar contribuyó a dar crédito a la historia anterior. Un muchacho joven de mi familia estaba durmiendo en su apartamento con el resto de sus compañeros, cuando entraron dos personas vestidas de blanco, como dice, por la ventana, le cortaron su pelo mientras yacía y luego volvieron de la misma manera que entraron. A la mañana siguiente se descubrió que sobre este chico habían actuado igual que con el otro, y allí estaba el pelo de nuevo, desperdigado por la habitación. Nada importante sucedió tras estos suceso, excepto quizás que escapé de un juicio, en el que, si Domiciano (durante cuyo reino sucedió) hubiera vivido un poco más, es seguro que debería haber estado implicado. Ya que tras la muerte de ese emperador, se encontraron artículos de acusación contra mí en su escritorio, que habían sido exhibidos por Caro. Puede por tanto conjeturarse, dado que es costumbre dejar crecer el pelo a las personas bajo cualquier acusación pública, este corte del pelo de mis siervos era una señal de que debo escapar el peligro inminente que me amenazaba.

Déjame desearte entonces que hagas de esta pregunta tu madura consideración. El tema merece tu examen; ya que, confío, no soy totalmente indigno de la participación en la abundancia de tu conocimiento superior. Y como debes, como siempre, equilibrar entre dos opiniones, espero que te inclines más por un lado que por el otro, para que, mientras te consulto para resolver mi duda, me despidas en el mismo suspense e indecisión que te ocasionó la presente solicitud.

Adiós.

Libros Mablaz

Narrativa — Relatos

/www.librosmablaz.com/